愛しい犬に舐められたい

Si《Si》

CHOCOLAT BUNKO

ILLUSTRATION 亜樹良のりかず

C O N T E N T S

例えば通りを歩いているとき、ふと振り向くと、見知った顔と目が合って、ぎょっとすることがある。

誰だろうと首を傾げてからやっと、鏡に映った自分の顔だと思い出す。

片貝《かたがい》広《ひろ》には、よくあることだった。

豊かにうねる漆黒《しっこく》の髪、母親ゆずりの白い肌に、父親ゆずりの、ぽってりした赤みの強い唇。そして両親が『かわいいおでこ』と呼ぶ広めの額《ひたい》。一七〇センチを超えてひょろりと細長い体つき。

ひとつひとつは悪くはないのだが、これらに片貝の性格を加えると、根の暗い、じめじめした、幽霊みたいな、などの表現がぴったりで好きになれない。だから片貝は、自分の姿を極力見ないように暮らしている。そのせいでときどき、自分の顔を忘れてしまうのだ。

おどおどしていて自信がなく、少しの失敗で落ち込んで、悪い方向に思考が行きがちだ。友達と言える相手もほとんどいない。そのうち自分は誰からも忘れられて、道端で野垂《のた》れ死ぬと思っている。野良犬《のらいぬ》のように。

いや、いっそ、本物の犬だったら良かった。

自分が犬なら、真っ黒なくせっ毛の、ひょろりと細い犬だろう。飼い犬なら主人に嫌われるかもしれない。捨てられるだろうか。それでもかまわない。犬に入るはずの魂《たましい》が、うっかり人間に入ってしまったから、こんなにも、生き辛いのかもしれない。そう思うことがある。

野良犬のように自由に死ねたらいいのに。そうしたら、親を悲しませることもない。

安らげるのは仕事をしているときだけだ。職業は営業事務。商品の在庫管理や顧客《こきゃく》データの登録、伝票や納品書の作成など、個性を必要とされない、パソコン相手の黙々とした作業のあいだは、まるで機械のように無心でいられる。営業部員から依頼される、プレゼンのための資料作成や、スケジュールの調整といったサポート業務も、誰かの影になったようで安心する。クレームの電話をはじめとした社外からの電話応対は苦手だが、地道に作った受付マニュアルは役に立つと評価されている。働いているときの自分は平凡で、どこにでもいる社会人だ。皆と変わらない、社会のピースのひとつでいられる。

そうやって作業に集中しているうちに、気がつけばオフィスに自分ひとりきり、という状況も、片貝にはよくあることだった。

会社を出ると、途端に強い風が片貝の前髪を巻き上げた。顕《あらわ》になった『かわいい』額に、冷たい空気をまともにたたきつけられて、片貝は思わず後ずさり、自動ドアの向こうに避難した。ドアが閉まると、しん、とした静けさに包まれる。終業時刻をとうに過ぎた社内は薄暗く、廊下には非常灯がひとつ、さみしく灯《とも》っているだけだった。さきほど、お疲れ様を告げた守衛《しゅえい》すら、今は片貝に興味を失って、テレビの画面を退屈そうに眺めている。

片貝は、自分の失態が誰にも見られていないことにほっとしてから、そんな自分に小さく悪態《あくたい》をついた。すぐ人目を気にしてしまう、その臆病《おくびょう》さが嫌になる。もうさっさと家に帰って枕に顔を埋めてしまいたい。コートの襟に顔半分を埋めた片貝は、ほとんど逃げるような小走りで帰路《きろ》を急いだ。

冬も深まり、海岸沿いを吹く風は厳しさを増してきた。夜の倉庫街は、人気が途絶《とだ》えるせいもあり、視界からして寒々しい。揃いの灰色をした無骨《ぶこつ》な倉庫群の、連《つら》なりの向こうに広がるのは工場地帯だ。複雑に絡まりあう石油プラントの配管の先で、有毒ガスの炎が、ぼうぼうと夜空を赤く染めている。その光景を見慣れているはずの片貝ですら、ともすると、別世界に紛《まぎ》れ込んでしまったようなおぼつかなさを覚える。

だから目線の先にある、カバーのかかった木箱のようなものが、四つん這いになった人間に見えるのは、心細さが見せる錯覚なのだと思っていた。

それは、普通の人間にしては、ずいぶん骨ばって四角く、手足が長過ぎるように思える。おまけに、四つん這いのポーズのまま剥製《はくせい》のように微動《びどう》だにしないのだ。

だから多分箱だろう。片貝は歩みをゆるめないまま自分に言い聞かせた。この間だって、サビ猫だと思って手を伸ばしたら実は石で、突き指しそうになったことがあるじゃないか。もしくはマネキンかもしれない。道端に四つん這いにされているマネキンも、それはそれで怖いが、生身の人間よりはましだ。なぜなら、もしこれが本物の人間ならば、ほぼ間違いなく挙動のおかしい相手だからだ。だから、どうか、ただの箱であって欲しい。

そんなことを願いつつも、たいした危機感もなく対象に近づいていったのは、帰りたい気持ちが強すぎたのか、仕事上がりで判断力が鈍《にぶ》っていたのかもしれない。

それとも、期待のようなものがあったのだろうか。

結局片貝は、もはや言い訳もできないほどはっきりと、目の前の箱の正体を悟る距離まで近づいてしまった。そしてわかったのは、箱だと思いたかったものは、残念ながら、やはり黒いコートを羽織った人間だということだった。

彼は、正面に停車している車の下にいる、誰か……いや、もしかしたら、何かと会話している。波と風の音に紛れて、ぼそぼそとした低い声が、片貝の耳にも流れ込んできた。

「おい、いい加減こっちに出てこい、もう逃げられないのは分かっているだろう？　お前はずいぶん根気よく俺をまこうとしてきたが、ことごとく失敗に終わったじゃないか。あれから何時間たった？　疲れて、腹も空《す》いてきたはずだ。お前もうんざりしているだろうが、俺もうんざりだ。紳士的に接してやれるのも限界が近い。お前も、俺の言うとおりにしたほうが賢明だと、さすがに理解してきたんじゃないのか？」

男の台詞《せりふ》は、まるで犯人を追い詰めた警察のようだが、口調は飛び降りをしようとする人を説得するかのようになだらかだ。

これで、男が関わり合いになりたくない類《たぐい》の人間だということもはっきりしたが、片貝は車の下に一体何がいるのか気になった。男を避けて迂回《うかい》しつつも、男の視線の先をつい覗きこむ。

そこには、丸い何かが蹲《うずくま》っていた。暗くてはっきり見えないが、片貝はすぐにその正体を見破った。あれは犬だ。足の間に尻尾《しっぽ》を入れて、怯えている犬のものだ。片貝が目をこらすと、犬のつややかな、葡萄《ぶどう》のような目がひかった。その眼差《まなざ》しと目が合ったとき、世界から、その犬以外のものは消えた。

「おいで」

手を伸ばし、優しい声を出す。片貝の呼びかけに、犬はすぐに反応した。頭を低くしつつ、車の下から這い出すと、カツカツと爪の音をさせて片貝に駆け寄ってくる。

そして、まるで待ちわびていたかのように、片貝の指に鼻先を押し当てた。片貝は犬を怯えさせないよう気をつけながら、その骨ばった頭を撫でた。犬は片貝との接触に安心したようで、控えめに尻尾をふりはじめる。犬は毛並みがよかった。怪我《けが》をしている様子もなく、飢えてもいない。片貝は、ほっとして口元を緩めた。

「その犬は君の犬なのか?」

だから片貝は、すっかり男のことを忘れていた。急に背後から声をかけられて、軽く地面から浮いた。

「……違う、と思う」

　動揺したせいで、ひとごとのような返事になった。

「そうなのか」

　片貝が、おそるおそる振り返ると、四つん這いだった男が、いつのまにか二本足で立ち上がっている。マントのような黒いコートの中は、体に沿うような滑《なめ》らかなラインの美しい、スーツ姿だった。軍人のように短く刈り込まれたグレーの髪と、彫りの深い顔立ちが、フォーマルすぎない、絶妙のバランスを保っている。

　背は片貝よりもずいぶん高い。一九〇近くありそうだ。そのせいで近づかれると、片貝の視界は男の胸部でほとんど塞がれた。男の角ばった肩ごしに、石油プラントの炎がようやく見える。

「だがその犬は、随分君に懐《なつ》いているように見えるが」

　暗がりに、男の目は微《かす》かな光を放つようだった。冬の森で狼に出くわしたら、こんな気分だろうか。現実逃避気味にそんなことを考えた。片貝の様子に、男は微かに眉を寄せた。

「その犬は、本当に君の犬ではないのか？」

　恐らく、彼には片貝が上《うわ》の空《そら》で答えているように見えたのだろう。慎重に単語を刻む調子で再度問われる。片貝は、はっと我に返ると、慌てて口を開いた。

「体質なんです。昔から、犬に好かれて……、いや、俺自身は、別に犬好きってわけじゃないのですが、犬のほうが懐いてきて…あ、だから、こいつは俺の犬ではない、です」

言いたいことがうまくまとまらず、まるで目の前の不審者に、自分の不審な行為を言い訳しているようになった。どうにも咄嗟《とっさ》の状況に上手く立ち回れない。こんな得体《えたい》の知れない男と話すのは難易度が高すぎる。心のうちでぐるぐると言い訳していると、急に身体《からだ》が後ろにひっぱられた。

「そうなのか?」

声は、耳の後ろからかけられた。湿った、温かい空気が片貝の首筋に触れる。

片貝が呆然《ぼうぜん》と見下ろせば、胸の前で、二本の腕が交差している。骨ばった長い指。あえぐように息を吸い込むと、嗅《か》いだことのない匂いがした。冷たい風と、海と土と犬のにおいに紛れる、すうっと胸がすく、深い森のような香り。

どうやら自分は今、不審者に背後から抱きしめられて首筋に鼻をくっつけられているらしい。わかることはそれだけだ。あまりにも急な展開に、石のようになっていた片貝は、幸《さいわ》いにも、すぐに解放された。

「俺は特に魅力を感じない。安物の洗剤を使っているな」

ぞんぶんに片貝の匂いを嗅いだ男は、淡々とした調子で感想をのべてきた。

「……当たり前でしょう?」

感情がふりきれたせいか、片貝は、ストレートに腹が立った。

「俺が犬に懐かれるからといって、人にも懐かれるわけじゃありませんから」

「それもそうか」

よそ見をしながら答える男はもはや、その話題に興味がなさそうだ。初対面で、いきなり抱きついておいて、その態度。

「あなたさ、ちょっと、その、何でそんなことしたんですか？」

「ああ、失礼だったな、悪かった」

心のこもってない謝罪にカチンときて、なおも言い返そうとしたとき、足元の犬が、ウォン、と吠《ほ》えた。前足で、たしたしと足踏みして、まるで自分の存在を忘れるなといった調子だ。片貝は微笑《ほほえ》んで犬を撫でた。そこでようやく、この男が犬にしていたことを思い出した。

「あなたはどうしてこの犬を追い詰めていたんですか？」

男は悪びれもせず、ひょいと肩をすくめてかぶりをふった。

「捜していた犬に似ていたからだ。だが近くで見てみると、こいつはその犬ではないようだ」

「捜していた？　知り合いの犬とかですか？」

疑わしく思い片貝は目を眇《すが》めた。先程まで怯えていたはずの犬は、今は男を見ても逃げ出さない。それどころか軽く尻尾をふっている。片貝という味方を得て気が大きくなっているのか、それとも一日中追い掛け回されたことがそれほど嫌ではなかったのか。

どちらにしろ、見たことのある犬がいたからと追いかけ回すなんて、ろくな人間じゃない。そんな片貝の考えを読んだように、男が自己紹介をはじめた。

「俺は私立探偵だ。クライアントから、ある犬を捜す依頼を受けている」

「へえ」

本当かどうかはわからないが、説得力はあるな、と片貝は思った。私立探偵と名乗る人々が迷い犬や猫を捜している姿は、テレビで見たことがある。仕事とはいえ大変だなと思った。犬や猫はどこにでも入り込む。追いかける姿を不審者に見間違えられることも多かろう。男は見るからに胡散臭《うさんくさ》いので、とても私立探偵ぽいと思った。完全なる偏見《へんけん》だ。

「捜している犬に近い特徴を持った犬の目撃情報を、この周辺で受けたから来たのだが、何故だか、似たような毛並の犬が多くて難航しているところだ」

「そうですね。この周辺は元々野良犬の数が多いのですが、最近は特に増えていて」

片貝は深く頷いた。それは最近の彼の一番の心配事だった。

「このあたりは港が近いでしょう？　どこかの船乗りのジンクスのせいで、犬を船に乗せて連れてきて、そのまま置いていってしまう連中がいるんです。野良犬が多い場所だからと、ここに捨てに来る人もいる。困ったものです。幸い、このあたりの住民は、犬好きが多くて、地域ぐるみで捨て犬を地域犬として保護する活動をしていますし、怪我をしたり、人を襲うおそれのある犬は、見つけ次第すぐにシェルターに預けられて、深刻な問題に発展しないように防げてはいます。でも問題にはなっていて」

「そうだろうな。これだけの野良犬の数では」

「そうじゃないんです。最近の犬の数はこの辺りでも異常で」

「何かあったのか？」

「随分減っていた犬の数が、何故かここ数ヶ月で一気に増えたんです。しかも同じような毛色の、同じような大きさの犬ばかりが。恐らく同じ団体が捨てたのでしょうが、いまだに誰が何故、そんなに大量の犬を放置したのか、全くわからなくて……」

喋りすぎた、と片貝は口を噤《つぐ》んだ。

「……とにかく、あなたの犬じゃないというのなら、こいつは俺が引き取ります」

「君が飼うのか？」

「俺は保護犬シェルターの手伝いをしていますので。そこに連れていくつもりです」

「なるほど、だから詳しいんだな」

「詳しいってほどでもないんですが……」

男は何か思うところがあるのか、軽く首をかしげて、ぱちりと瞬きをした。彼のまつ毛は長くて優雅だった。

「俺もそこに連れていってもらえないか？」

「あなたを？　どうして？」

　片貝はそれとなく足元の犬を引き寄せた。僅《わず》かばかり解けた疑惑が、ふたたび頭をもたげてくる。少なくともさきほどまでのこの犬は、この男に追い詰められて怯えていた。つまりこの男は、犬に対して荒っぽいことをする可能性があるのだ。

　そもそも私立探偵だというのが信用ならない。ただ犬を虐《いじ》めて楽しむ人間も世の中にはいる。彼が、そんな依頼主のために犬を集めている可能性だってある。彼自身に犬を虐める性癖《せいへき》があるかもしれない。

「どうして、とは？」

　慎重な片貝の問いかけに、彼は、何故そんなわかりきった質問をするのだ、というふうに、くっと眉根を寄せた。

「そこに自分の捜している犬がいるかもしれないからだ」

「でもあなたはこの犬を怯えさせていた」

　責める口調で言うと、彼はやっと、気まずそうに目を伏せた。

「それは仕方ない。俺は犬の扱いには慣れていない。わかるだろう？　俺はろくに犬の見分けすらつかないんだ。それに俺は君と違って、どちらかといえば動物に嫌われる」

　なおも疑わしげな片貝の目つきに、彼はへつらうような笑顔までつけた。

「困っているんだ。君だって、迷い犬は飼い主のもとに戻してあげたいだろう？」

「そりゃあ、まあ」

片貝はくちごもり、だがまだ彼を信用したわけではないという態度は崩さない。

「とにかく犬を怯えさせるようなことはしないでください。大きな声を出したり、手をあげたり、急に動いたり、無理に目を合わせようとしたりはしないように」

「誓うよ」

彼は芝居《しばい》がかった様子で、胸に手をあてる。

「……だったらついてきてもいいです」

これ以上、拒絶する理由が見つけられず、片貝はしぶしぶシェルターへ彼を案内することにした。


男の名前は赤羽根直人《あかばねなおと》というらしい。彫りの深い顔立ちだから、四文字くらいの、海外ドラマに出てきそうな名前を想像していたが、この国の生まれだという。育ちは山奥で、引っ越してきてからまだ日が浅いのだと、彼は都会人のようなドライさで説明した。

シェルターまでは赤羽根の車に乗せてもらうことになった。片貝としては、初対面の男の車など、できれば遠慮《えんりょ》したかったが、寒い夜に怯えた犬をつれて長距離の移動は困難だと予想できたので、仕方なく従うことにした。

最新式のナビシステムを搭載《とうさい》した車内は飛行機のコクピットのようだった。車窓から流れる景色を不安そうに眺めている犬をなだめながら、片貝は運転席の男を盗み見ていた。男の運転は想像したよりもずっとなめらかだ。流線型の黒い車は流れるように加速する。

　髪がグレーだから、最初は初老くらいの年齢かと思っていたが、よく見れば、その肌は日に焼けて若々しい。二十代後半くらいだろうか。だったら片貝とさほど変わらない。

「君はどんな犬にも好かれるのか？」

　沈黙が気づまりになるタイミングで、赤羽根が片貝に質問を投げかけてきた。

「どんな犬にでも、というわけでもないよ」

　緊張がふやけてきた片貝は、あまりかしこまるのも悔しくなって、あえて砕けた口調で喋ることにした。

「普通の飼い犬相手なら、だいたい好かれるけれど、虐待《ぎゃくたい》を受けて人間不信の犬には懐かれないよ。心を閉ざしている犬は、外の世界のすべてが恐ろしくなっているから」

　片貝は怯えて壁の隅《すみ》に鼻を押し付けて、震えている犬を何度も見てきた。それは思い出すだけでも胸が痛む光景だった。

「そういえば、この間シェルター近くで保護した犬は特に……」

　話の流れで、片貝は先日のことを思い出した。その犬は、衰弱《すいじゃく》して歩けないのに、静かにシェルターのスタッフ全員を拒絶していた。拒絶といっても、抵抗したり、威嚇《いかく》をするわけではない。ただ決して懐く気がないという意思だけを強く感じた。きっと賢い犬なのだろう。こちらを観察しているそのまなざしは、人間のようですらあった。

ふと、片貝は、その犬の姿勢に、以前飼っていた愛犬を思い出した。あの犬とも似たような状況で出会った。あの賢そうな、人を品定めするような目つき……。

思考が深みにはまらないよう、片貝は軽くかぶりをふった。

「……この間シェルターに来た犬も俺に懐かなかった。こいつと毛色が似ているから、あなたが捜している子かもしれない。弱ってはいたけれど、落ち着いた様子だった」

「それは興味深い」

赤羽根は真顔になって前を見たまま唇を引き結んだ。

「彼に会ってみたいな。俺が捜している犬も、おそらく君には懐かない」

羽毛でも扱うような手つきで、赤羽根がステアリングを切る。何かの思考に没頭《ぼっとう》しているような、その表情は理知的で、さきほどまで道路に這いつくばっていた男とは、とても思えなかった。

片貝がボランティアで参加しているアニマルシェルターは、この地域では一番規模の大きい施設だった。常時百頭以上の犬が保護されており、スタッフの数も多い。敷地は、自治体保有の広場と、地元の企業が格安で貸してくれている倉庫街の一角がある。外には広大なドッグランと駐車場、倉庫内には、調理場、洗濯室、トリミングスペース、里親希望の人たちと触れ合うための運動場、リハビリ施設、子どもたちに保護動物について学んでもらうための教室、更には犬を室内飼いの環境に慣れさせるための、モデルルームまで作られている。犬舎には床暖房が敷かれており、動物病院の協力で、交代制で医師が回診に来てくれる。寄付も毎日のように届く。施設内は犬の年齢や健康状態によっても区画わけされており、犬たちの生活の質を重視した気配りが、あらゆる場所になされている。

最近の保護犬の増加もあり、シェルター内は夜間になっても賑《にぎ》やかだった。片貝は犬を連れていくことを、あらかじめ連絡していたので、到着したときには、すでに新規の犬の受け入れ態勢が整っていた。新入りの保護犬は、怪我、病気の検査と、ワクチンの接種《せっしゅ》など予防処置が済むまでは隔離《かくり》されることになる。一晩中付き添えるスタッフがいるので寂しくはないだろう。

「怖かっただろう？　今夜はゆっくりおやすみ」

片貝は犬に話しかけて頭を撫でた。犬は礼を言うように彼を見上げたあと、ケージの中でおとなしくなった。躾《しつけ》が行き届いているようだから、おそらく迷い犬だろう。飼い主が早く見つかるといい。

この施設に来て、怖がって暴れる犬は少ない。ここにいる人間が犬好きばかりだと犬にもわかるのだろう。犬たちは、飼い主が迎えに来るか、里親が決まるまで、もしくはその生命を終えるまで、ここで手厚く世話されて、穏やかに過ごすことができる。

片貝はこの場所が好きだった。行き場のない犬がいなければ必要のない施設ではあるけれど、自分にとっても必要な場所だった。

だが今日の施設内の空気はどことなく違っていた。なぜだろうと、きょろきょろと辺りを見回した片貝は、いつもは犬ばかりに気をつかっているスタッフたちが、そこかしこにかたまって、ひそひそ話をしていることに気づいた。

「こんばんは、何かあったの?」

片貝は一番近くにいた顔見知りに話しかけた。

「あ、片貝さん。こんばんは」

彼女は片貝を認めると、わずかに口元をほころばせて近づいてきた。

「それがね、昨晩、空《あ》き巣《す》が入ったんですよ」

「えっ。それは……大丈夫だったんですか?」

意外にもけっこうな大事件で、片貝は驚いた。

「今朝、私が来てみたら事務所がぐちゃぐちゃに荒されていたのよ。物騒《ぶっそう》だわ」

「怖いですね」

片貝は神妙《しんみょう》に相槌《あいづち》を打った。彼女は噂好きだ。あなただけには話しておくわね、といったふうな深刻顔で声をひそめているものの、軽い興奮で目を輝かせている。その彼女が今朝のシフトに入っていて、現場を見たという。そしておそらく今日一日かけて、彼女は来る人来る人に事のあらましを吹聴《ふいちょう》しているのだろう。

　とりあえず彼女に尋ねれば、迷惑がらずに何でも答えてくれそうだ。片貝は犬たちに被害がなかったのかどうか気になって口を開こうとした。

「こんな場所に何か盗むものがあるのか？」

　そのタイミングで、赤羽根が脇からにゅっと出てくる。そのうえ、身も蓋《ふた》もないことを言うから片貝は思わず睨《にら》んだ。

「それがねえ。変な話なんだけど」

　幸い彼女は、彼の無遠慮な態度を、特に気にする様子もなく話を続けた。もはや聞いてくれるなら誰でもいいようだ。

「盗まれたのは、パソコンと、バックアップ用のハードディスク、それから犬が一匹よ。確かにそのパソコンが一番新しい型だけれど、別に高くもないし。高い薬も、金庫も手付かずよ。いたずらか嫌がらせじゃないかって、みんな言ってるわ」

「犬が盗まれたの？」

「それが一番の問題よね」

　彼女は心底心配そうだ。噂話が大好きな彼女だが、それ以上に犬たちを愛している。

「どの犬？」

「この間保護した子。ほら、あなたにも懐かなかった、賢そうな子がいたでしょ？」

「ああ…あの子か」

盗まれた犬は、まさに片貝が赤羽根に話した犬だった。

「どうしてあんな、一番愛想のない子を連れていったのかしら」

「ずいぶん衰弱していたんでしょう?」

「いえ、あの子は来てから二、三日で元気になったのよ。立ち上がれるようになると、餌《えさ》をくれる人に尻尾をふるくらいの愛想を見せてくれるようになったのだけど…でも人懐っこいとは程遠いわ。なにか珍しい犬種だったのかしらね」

多分そういう目的ではないのではないか、と片貝は思った。

昨年起こった事件を覚えている。愛護団体から犬を何頭も引き取っていた男が、犬たちを虐待していたことが発覚したのだ。男はシェルターには立ち入り禁止となったが、施設に忍び込んでまで、犬を盗み出そうとしたという。

このシェルターにその男が訪れたことはないが、明らかに犬を飼うべきでない環境で犬を引き取ろうと申し出てくるような人間は、時々やってくる。丁重《ていちょう》にお断りしても、犬を飼ってやると言っているのにその態度はなんだと怒って納得しない人もいる。そういう人が逆恨みでシェルターに侵入したのだとしたら……。

「何故犬を盗んだんでしょうね……無事だといいんだけど」

もしかしたら、犬をいたぶる目的で連れ出したのではないかと想像して、ぞっとした。

あの犬の反抗的な目つきが、犯人の何かに触れてしまっていたら。

もちろん、目の前で純粋に犬の安否を心配している彼女には、とてもそんな最悪の仮説は話せなくて、片貝は不自然に黙り込んだ。かわりに赤羽根が口を開いた。

「盗まれた犬の写真は残っていないのか？」

おもむろな問いかけは、まるで尋問するかのように威圧《いあつ》的だった。噂好きの彼女は、そういった空気に鈍感な様子で、それがねえ、とマイペースにかぶりをふる。

「残念ながら残っていないの。一年くらい前のものならディスクに焼いてアーカイブ室にあるのだけれど、ここ半年は忙しくて、バックアップをとってなかったのよ。おかげでホームページの更新ができなくて困っているところ。だいぶ人に慣れてきた子の里親を、今月から募集する予定だったのだけど」

「もうどこにもバックアップが残っていないのか？」

「そうよ、全部。管理しやすいように未処理のものを全部机の上に置いたままだったのが良くなかったのね……まさか盗まれるなんて思わないから……」

彼女はため息をつきかけて、はっと閃《ひらめ》いたとばかりに勢い良く片貝のほうを見た。

「あ！　もしかしたら片貝くんのカメラの中にデータが残ってない？」

「君が写真を撮《と》っているのか？」

「へ？　えっと……はい、多分、捨ててはいないので」

急に二人ぶんの視線が自分に集中したことに、片貝は怯みながらも頷いた。

「片貝くんが声をかけると、犬たちはとてもいい笑顔をつくってくれるのよ。だから片貝くんの写真は、里親募集のサイトに載せるのに最適。明るい顔をしている犬は人気があって、問い合わせが増えるの」

まるで我がことのように自慢げに、彼女が補足する。赤羽根はそれを聞いているのか聞いていないのか、強いまなざしを片貝に向ける。

「データを持っているのか？」

そういう威圧的な物言いはやめろと、内心で反抗しつつも、片貝は頷いた。

「トリミングも加工もする前の、生のデータなら」

「今見られるのか？」

「うん。いつも持ち歩いているから」

片貝は、シェルターに新しい犬が来たときや、迷い犬らしき犬を見つけたとき、すぐに写真が撮れるように、レンズのいいコンパクトデジタルカメラを携帯している。彼はそれを鞄《かばん》から取り出すと赤羽根に差し出した。

「あの犬は毛色が暗かったから、見えにくいかも……レンズがあまり明るくなくて」

「かまわない、顔が確認できればいいんだ……この犬か？」

「そう」

デジカメの液晶に表示される犬の写真を、赤羽根は食い入るように見ている。よっぽど犬捜しに苦労しているのだろうな、と片貝は内心少しだけ、赤羽根に同情した。性格に問題がありそうだが、仕事には真摯《しんし》に打ち込んでいるのだろう。

「捜している犬に似ている。クライアントに確認をとりたいからデータをもらっても？」

「かまわないよ」

だから赤羽根の申し出に、片貝は快く頷いた。

「調整して見やすくもできるけど」

「いや、生データのほうがいい」

彼はデータを赤羽根の携帯のメールアドレスあてに送信した。生の画像データは重く、受信が終わるまで時間がかかった。そのあいだ、赤羽根はやたらと片貝に声をかけてきた。

「今日は車で送っていこう。もう夜遅い」

「心配いらないよ。うちはそんなに遠くないから」

実際はそこそこ距離があるのだが、よく知らない男に自分の住所が知られるのは避けたかった。けれど赤羽根はめげなかった。

「しばらく一人で行動しないほうがいい。ここを荒らした空き巣が、君の持っているデータを狙ってくるかもしれないだろう？」

「ただの犬の画像を？」

片貝は思わず笑った。

「わざわざそんなもののために危険をおかす人なんかいないよ」

「わからないさ、罪を犯してでも手に入れたい犬かもしれない」

冗談かと思っていたのに、赤羽根を見れば、彼はにこりともしていなかった。

「赤羽根さんが捜している犬はそんなに高価な犬ってこと？」

「そりゃあ、私立探偵を雇うくらいだから大事な犬だろう。権威のあるものの犬だ。どんな悪い奴が狙ってくるかわからない。君が心配だ」

「赤羽根さんは犬好きの気持ちがわからないだけだよ。彼らにとっての愛犬は、ミックスだろうが血統書つきだろうが関係なく、どんな宝物よりも価値があるよ」

心配性すぎるのではと、内心呆れた。

気遣いはありがたいが、片貝だって自立した成人男性だ。そりゃあ、頼りがいのあるタイプではないが、職もあるし、五体満足の健康体。なのに、まるで十代の女子のように過保護に言い聞かせられるのは、正直、大きなお世話だった。

「心配しなくても、俺はいつも同じ道しか通らない。そこは街灯がついている広い道だ。今まで物騒な目に遭ったこともない」

「その慢心がトラブルのもとだ。ここのシェルターだって、誰も何もとらないだろうと高をくっていたから空き巣に遭ったんだろう？」

必要ないという本音を強く込めて遠慮しているのに、赤羽根は引き下がらない。

「それとこれとは違う。これは個人の問題だ」

「ストーカーに遭うかもしれない」

「もっと無いよ。俺は出歩くのは食べものを買うときと会社との行き来くらいの目立たない男だ。そもそも俺を認識しているようなモノ好きなどいない。友達すらほとんどいない。一人には慣れているから気にしないでほしい」

むっとしたついでに余計なことを口走ってしまった。それなのに赤羽根は片貝の反論にたいそう不満そうに鼻から息を漏らした。

「そんなことはない。君は可愛いし魅力的だ。夜道を一人で歩くのは充分危ない」

二人のやりとりを聞いていたスタッフの誰かが、小さく口笛を吹く。

片貝はあまりに予想外の反撃に、溺《おぼ》れた魚よろしく口をぱくぱくとさせるのが精一杯だった。


結局赤羽根に押し切られて、片貝は自宅まで送ってもらうことになったものの、赤羽根がシェルターについてやたらしつこく尋ねてくるのには辟易《へきえき》した。

「犬の写真は全部アップしているのか？」

「全部じゃない。基本的にトレーニングが終わって、健康で、人にも慣れた犬だけを載せている。人気の犬種や可愛い子犬も、問い合わせが殺到《さっとう》するから掲載しないことが多いよ。障害や性格の問題がある犬も、基本的には載せない。そういう犬は、治療費や世話が大変だ。だから里親を希望してくれる人でも、犬を任せられるかどうか慎重に面談して判断しないといけない。でも老犬や病気で、里親が無理そうな場合は、支援のみをお願いすることもあって、そういう犬はサイトのスポンサー募集コーナーで紹介することにしている」

「譲渡会《じょうとかい》にはどんな感じの人が来るんだ？」

「それは、色々だよ。ただ、お年寄りしかいない家や、家を留守にする時間が長い人は最初からお断りしているから、あまり来ないかな。小さいお子さんがいる人も、お断りをする場合があると、注意書きはしている」

「運営の資金はどんなふうに集めているんだ？」

「それは……寄付がメインだよ。譲渡のさい、ワクチン代や手術費は負担してもらう。自治体からも資金が出る。建物の建て替えなんかには政府から補助金が出る」

「それで運営が成り立っているのか？」

「間に合っているんじゃないかな。俺は正式なスタッフじゃないから詳しくないけど」

数字関係のことをずばずば聞かれるのは気分が悪い。むっとして片貝は赤羽根を睨んだ。

「だいたい、そんなことを聞いてどうするんだよ」

「シェルターに興味が出たんだ。不幸な犬が減るのはいいことだ。協力したいと思っている。気を悪くしないでくれ。どうしても経営状態が気になるんだ。職業病でね」

彼の返事は模範的だった。シェルターを出るときには、受付の募金箱にも、結構な額の寄付をしてくれていた。だから、それ以上言い返すこともできず、片貝は腕を組んでむっつりと眉間に皺《しわ》をよせた。

「次の信号まででいいよ。ここから近いから」

「近いなら家まで行く」

「家の前の道は狭い」

「だったらなおさらだ」

あくまで家の前まで送り届けるつもりらしい。嫌だな、と片貝は思った。彼に住所を知られるのも、もちろん嫌だが、こんな立派な車に乗れるような男に、自分の住んでいるボロアパートを見られるのも癪《しゃく》だ。

「ここか?」

「そう」

とうとうアパートの正面まで来た赤羽根は、車を路肩に寄せた。

「少し待っていろ」

と、片貝に言い置くと、自分だけ先に降りて、風のにおいを嗅ぐように周囲を見回した。隙のないその仕草《しぐさ》は、すらりとした彼のスタイルとあいまって、さまになっていた。

一通り確認し終わったらしい赤羽根が、車をまわりこんで助手席がわの扉を開ける。

「戸締まりはしっかりしろよ。ずいぶんとセキュリティの甘い部屋に住んでいるようだが」

まるで淑女《しゅくじょ》をエスコートするような自然な仕草で手を差し出してくる。睨むつもりで片貝が見上げると、赤羽根の顔は、びっくりするほど近くにあった。

彼は、ひどく脆《もろ》いものを壊さないように、見守るかのように、臆病な目をしていた。

「気をつけて、おやすみ」

おだやかで、胸に染み込むような声で赤羽根が言う。凪いだ双眸《そうぼう》の色はアンバーだ。見つめられると、ここがどこだかわからなくなる。手をとられ、立たされる。背中を押され、片貝は、ふわふわした気分のまま、アパートの階段を上がった。ドアを開ける前に、なんとなく振り返ると、赤羽根はまだそこに立っていた。遠目で見ると、彼が驚くほど頭身が高いのがわかる。視線が絡むと、彼はおやすみと微笑んで、手をふった。片貝はうろたえて、逃げるように扉を閉じた。

ふらふらしながらリビングに向かいつつ、マフラーを解いてソファに沈み込む。目を閉じても、片貝の網膜《もうまく》には彼の目の色が残っていた。秋の森のように穏やかなその色は、まるで犬の目のようだ。その透明な虹彩《こうさい》は、記憶の中で人間じみた目をしていた犬のそれと、不思議としっくり重なり合った。

夜の部屋に、車のエンジン音が響いて消えていった。ぽつりと取り残されて、静けさが耳に染みる。見慣れた、雑然とした部屋を眺めていると、まるで映画のクライマックスで急に現実に放り出されたような気分になった。

冷蔵庫を開けても、発泡酒とペットボトルだらけの空間に、昨夜の残りものの惣菜《そうざい》が、だらしなく半分ラップをかけられた状態で転がっているばかりだ。その光景がますます侘《わび》しさに拍車《はくしゃ》をかけるので、とりあえず冷凍庫にあるシュウマイをレンジに突っ込んで、発泡酒のプルタブを開け、一気に飲み干した。空きっ腹にアルコールはなかなかの効果で、片貝の思考はほどよく緩む。

ジェットコースターみたいに、たくさんのことがあった一日だった。

片貝は、たまってゆくバスタブの湯を眺めながら、ぼんやりと思い返す。

迷い犬、それを説得していた得体の知れない男。シェルターの空き巣。赤羽根と名乗った自称私立探偵は、何故か片貝のことを心配していた。危なそうな男なのに危なげないステアリングさばき、横顔は理知的で、スタイルはまるでモデルのようだった。赤羽根という名前すら本名かどうかはわからない男だが、まっすぐにこちらを見る目には嘘がないように感じた。透き通って、まるで犬のようなあのまなざし……。

お風呂が沸きましたという、無駄《むだ》に元気のいい電子音声に、片貝はびくりと飛び上がった。

気をとりなおし、服を脱いでバスタブにつかると、温かさに驚いた指先が軽くしびれる。大きくのびをして、片貝は顎《あご》の下まで温かい湯に沈んだ。見慣れた風呂場のクリーム色の光が心地いい。けれど、力を抜いて温まっていると、やがて落ち着かない熱が身体の奥にくすぶりはじめた。久しぶりの刺激に、体が興奮してしまったらしい。

面倒だなあ、と片貝は思った。今日はそういう気分になりたくないのに。

どうにか紛らわそうと、バスタブでもぞもぞと座り直してみても、あいにくその感覚は去ってくれなかった。それどころか、体が温《ぬく》もれば温もるほど、欲求は強くなる。

結局、片貝は逃げるようにバスルームを出た。髪を乾かすのもそこそこに、念願の枕に顔を埋めても、頭の芯が冴えたまま。眠気は訪れない。

往生際《おうじょうぎわ》悪く、しばらく自分の煩悩《ぼんのう》と格闘したあと、片貝はやっと観念して顔を上げた。そして横向きに寝返りをうち、足を軽く曲げると、ゴムのゆるいボトムスのなかに指をすべりこませた。足の間のものに触れると、そこはすでに期待していて、幹を軽く扱いただけで、素直すぎるくらい素直に頭をもたげた。片貝はリズミカルにそれを刺激し、時折くびれをくすぐり、先端を指でこすりあげる。痒《かゆ》みと切なさのはざまのような感覚に、すぐに頭がぼうっとしてくる。

「ん……」

自慰《じい》をするときのくせで、軽く目をとじると、おだやかにこちらを見つめるアンバーの目が脳裏に浮かび上がった。黒と茶色の交じる硬めの毛並み。長い鼻筋、ぴんと立った三角の耳。それから、片貝を信用していると知らせるように、ゆっくりふられる太い尻尾。

「ジャック……」

かつて愛した自分の飼い犬の名前を、片貝はくちびるに浮かばせた。静かな部屋にその名が響いた時、体の奥から、更なる熱がせり上がってきた。

「あっ」

先端から少し滲《にじ》んだものから逃げるように、片貝は自身から手を離し、息を落ち着けた。さきほどまでは億劫《おっくう》だったのに、今は、まだ終わらせたくなかった。片貝はベッドの下に隠してあるものを引っ張り出す。どっしりした鍵つきの工具箱だ。細かいものが多い部屋で、その箱の中だけは、常にシンプルで、消毒されて清潔だ。

片貝はそれを開くと、収めてあるものを取り出して口に含んだ。シリコン製の表面は冷たく、味もないが、その弾力と形状を舌で味わうと、どうしようもなく興奮した。

動物の、ある一部位の形状に見たてた、かすかにカーヴを描く棒状の器具は、一般にディルドと呼ばれているものだ。ただし、通常のものと比べて先端がすんなりしていて、代わりに根本にえげつないこぶがある。犬科のペニスを模したものだった。

片貝がこのディルドを見つけたのは、シェルターのSNSをチェックしていたときだ。ペットロスの寂しさを紛らわすのに良いサイトがありますと、善意を装い書きこまれたコメントの下にアドレスが貼られていた。調べてみると、それは人間以外の動物のディルドを専門に製作する海外の通販サイトだった。

片貝も、最初こそはシェルターのスタッフ仲間と一緒に憤《いきどお》っていたけれど、いつまでも忘れられず、とうとうある夜、自宅でこっそりそのアドレスを訪れた。

エクスクラメーションマークが乱舞《らんぶ》する外国語を難儀《なんぎ》しつつ解読してゆくと、そのサイトでは半オーダーメイドでディルドを作ってもらえることがわかってきた。サイズも種類も豊富で購入者のレビューも熱い。つい夢中でページを読み込んでいくうちに、気がついたらわざわざ海外送金用の口座まで作って商品を取り寄せていた。

躊躇《ちゅうちょ》しなかったわけではなかった。なにせ、モデルはかつての愛犬ジャックのものだ。片貝がジャックの大事な部分を見たのは一度だけ。足を上げて自分で舐めて処理していたのを偶然覗いてしまったことがある。だがその一度が強烈に記憶に残っている。それほど大きく、赤黒いものだった。

あのとき湧き上がった気持ちが何だったのか、子ども時代には理解していなかったが、今ならわかる。あれは欲情だったのだ。

ディルド製作会社は、サイトこそあやしいが、クオリティは想像以上だった。海を渡ってきた包みを開けたとき、片貝はその再現率に目眩《めまい》を覚えたほどだ。

赤黒い色もリアルなそのかたちを充分に味わったあとは、ゴムをつけて、ジェルを塗りたくる。ぬるぬるとグロテスクなそれを見るだけで体の奥が疼《うず》きはじめた。片貝はボトムスを脱ぎ捨てて、尻を高く上げると、自分の後孔にもジェルを垂らした。

ディルドを使うのは月に五度までと決めてある。癖になると後戻りできなくなりそうだからだ。

最初こそ、指一本ですら違和感がひどかったが、そのうち穴が広がり三本くらいまで入るようになると、自分のそこが、かなりの容量のものを受け入れられる構造をしているという事実に、精神的な昂ぶりを覚えた。自分の中に、ぽかりと空いた穴に、太いものがみっちりはまりこんで満たしてくれる。その感覚を、ずっと待ち望んでいた気がした。

ついに理性をかなぐり捨ててディルドを入れてみれば、肉をかきわけどこまでも深く侵入してくるそれに、脳みそが痺《しび》れるようになって、気がつけば痙攣《けいれん》しながら絶頂していた。あまりに深い官能に緩んだ頭で、愛犬の名前をついつぶやいたときには罪悪感で死にそうになったが、それ以上に、達成感からの高揚《こうよう》が強烈だった。

大人になってからの片貝が、ここまで大胆な行動に踏み切ったのはこれが初めてだった。それが犬のディルドを尻に入れることだと思えば情けなくもなるが、成功の味というものは、なにごとにも平等に甘美《かんび》だった。

指でほぐし、ほころんだ穴に、ディルドの先端をあてる。先細りのそれは、抵抗もなくずぶずぶと入ってゆく。ある程度まではまったところで、一度動きを止めて、片貝は大きく息を吐き出した。それからしばらく逡巡《しゅんじゅん》したものの、ふたたび記憶の扉をそっと開いて、愛しい犬の姿を呼び寄せた。

道具を使うのも慣れてきた片貝だが、愛犬を想いながらの行為は久しぶりだった。気持ちを立て直すのに苦労するため、あえて思い出さないように努めている。

それなのに、あの、赤羽根という男のせいで、容易に記憶の箍《たが》が外れてしまった。穏やかなアンバーの目が、どうしようもなく、かつて愛した犬のことを思い出させる。

「ふうっ、うっ」

うつぶせになり、片貝は腹の奥に力をこめる。内部の締め付けで、器具の先端が、まるで生きているかのようにゆっくり動きはじめた。腰を前後に揺らすと、先端のまるみが優しく奥をノックしてくる。その心地よく、深い沼に沈むような快感を味わいながら、つま先に力をこめ、腰をゆらし、屹立《きつりつ》をシーツにこすりつける。じん、と滲むような感覚が、骨の奥から生まれてくる。

片貝はディルドの根本を掴み、細かく揺らしながら抜き差しをはじめた。自分の弱い部分は把握《はあく》している。腹がわの、指でも届く部分から、ほぼ直線上に三箇所ほど。奥に向かうほどイクまでに時間がかかり、体調によっては感じにくいが、そのぶん得られる快感は

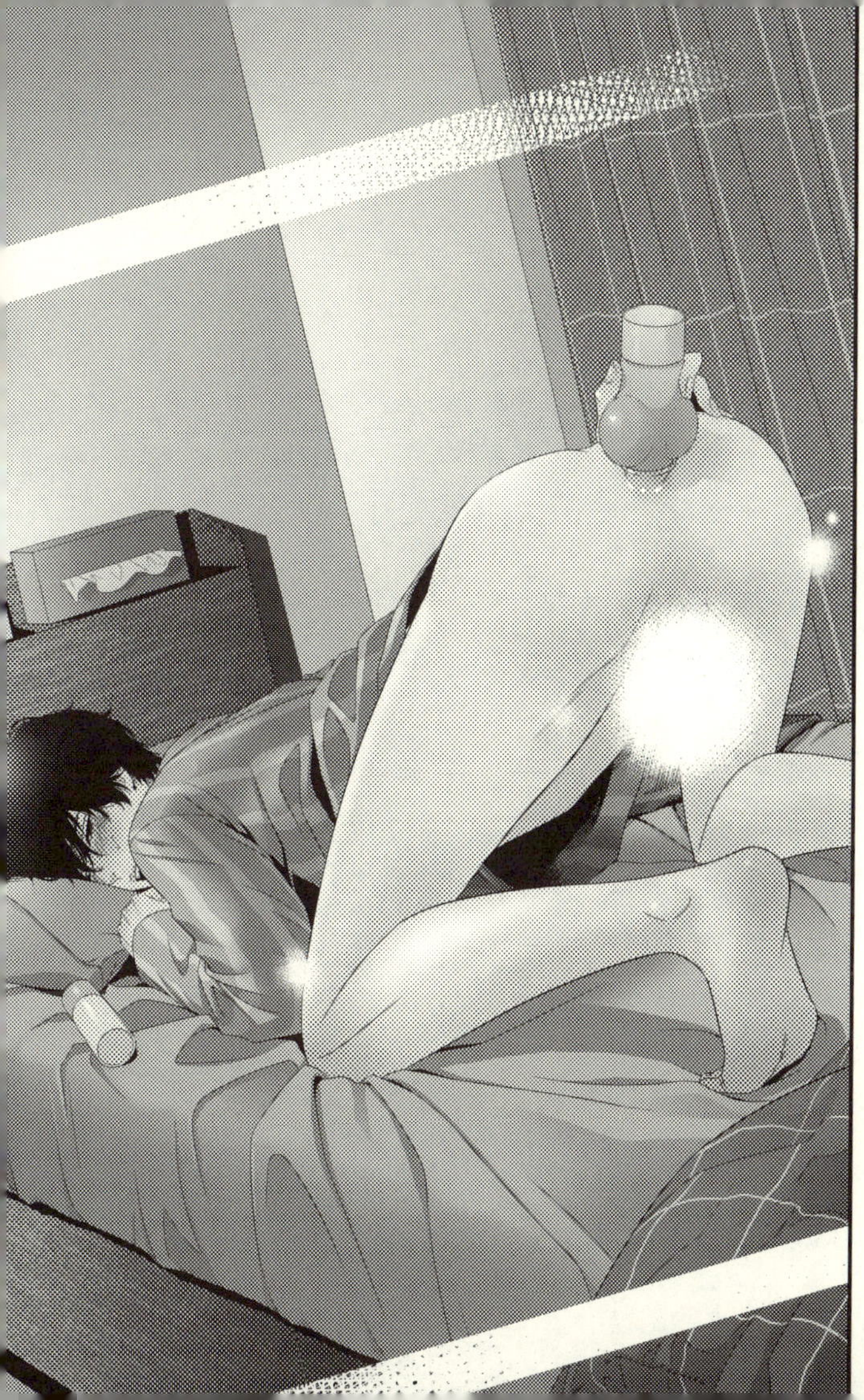

重く、深い。

片貝は最初に、前のほうで快感を掴んだあと、次第に奥へと器具をはめこんでいった。ディルドの根本にある、こぶの部分までも押し込む勇気は、まだない。そこまで挿入しなくても、ずっしり重みのあるそれは、片貝が快感を得るのに充分な長さがあった。良い部分をリズミカルに擦り上げていくうちに、腰の奥を、じんじんさせる快楽が、毒のように全身に広がって、やがて気持ちがいいこと以外、何も考えられなくなってゆく。は、は、と、犬のように口で呼吸しながら、片貝は次第に中をえぐる動きを激しくしていった。絶頂の尻尾を掴むと、片手で体を支えるのももどかしくなる。片貝は肩でバランスをとってさらに大きく足をひらき、後ろと前をつなぐ柔らかな場所、ちょうど女性ならばもうひとつの穴がある部分を強く押さえた。

ぴん、と手足がひきつって、片貝は一度目の絶頂を味わった。ひさしぶりの熱に性器の管を痺れさせながら、ぱたぱたとシーツに白濁《はくだく》を落とす。余韻《よいん》に目を閉じて、震える腰をゆっくりと揺らしながら仰向けになると、ふたたび内部にはめこんだもので揺すりあげる。このころになると、後ろめたさはすっかり飛んで、まるでそれだけしか啼《な》かない鳥のように愛犬の名をつぶやき、頭の中は愛しいけむくじゃらの姿で満たされていた。

硬い体、皮膚にしみつく獣のにおい。賢そうな双眸。生暖かな呼気と毛皮の感触を思い出すだけで体の芯に炎が灯り、ふたたび欲望が首をもたげはじめる。

片貝は、屈託のない、ただ犬が好きなだけの子どもだった。運命が歪《ゆが》みはじめたのは、ある日ぼろぼろになって道端にうずくまっていた犬を保護したときからだ。

ジャックと名付けられたその犬は最初、まったく人に懐かなかった。歯をむきだし唸《うな》り声をあげ、近づくと噛みつこうとしてきた。リード嫌いで、ケージにいれると歯が欠けそうなほど檻を齧《かじ》った。動物病院につれていくのも一苦労だ。注射のときなど、地獄からの使者かというような唸り声をあげてひどく暴れた。毎回それを必死で押さえつけていた片貝の手足は、あっという間に傷だらけだ。優しいと評判の獣医にすら、自宅で経過をみたほうがいいと、やんわりさじを投げられるしまつだった。それでも片貝はジャックを見捨てず、献身的に世話をした。

片貝は、ずっと犬が欲しかった。だが共働きの家庭だったこともあり、両親は、広がもっと大人になるまでは駄目だと許してくれなかった。おそらく犬が好きではなかったのだろう。ジャックを保護したときにも、彼らは泥まみれの犬を家に入れるのを渋っていた。俺が全部面倒みるからと必死に説得して、どうにか受け入れてもらったのだ。

だからジャックは、片貝の初めての犬だった。片貝の弱音ひとつで、この犬はよそにやられてしまうかもしれない。この犬を飼うことに失敗すれば、一生ペットは禁止されてしまうかもしれない。幼い片貝はそれを恐れて、必死だった。

根気よく声をかけ、ジャックの好みそうな餌を探した。寒い日には湯たんぽを用意して、寂しくないように大好きな犬のぬいぐるみも譲った。ジャックという名前は、当時の片貝が気に入っていた本に出てくる冒険家から取った。この犬の怪我がよくなって、仲良くなれたら、一緒に色々なところを冒険するのが片貝の夢だった。

そのうちジャックは観念したのか、片貝にだけは心を許すようになってきた。歩み寄りはじめた犬は、とても優しく賢い姿を見せるようになった。片貝が教えたことはほとんど一度で覚え、人の顔も見分けられる。話しかけると、まるで人の言葉がわかるのかと思うほどに、耳をかたむけ、たまに相槌のように小さく吠えることもある。学校や家で辛いことがあったときに片貝が愚痴《ぐち》っても、まるで思慮深い僧侶《そうりょ》のような面《おも》持ちで繰り言を聞いてくれた。

すこし硬い、しっかりした毛皮、温かく、骨ばって硬い体、湿った鼻先。そしてなによりも、知性のきらめくアンバーの虹彩。誰よりも近くにいて、誰よりも片貝のことを理解してくれた。誰よりも勇敢《ゆうかん》で、誰よりも献身的だった。そんな、奇跡のような相手に出会ってしまえば、種族の差なんて、片貝の中では障害にならなかった。ジャックは自分だけを愛している。そして、その愛情を惜しみなく与えあえる存在だ。

片貝の初恋は、ジャックだった。

「あっあ!」

天井に向かって腰をつきだしながら、片貝は深い絶頂に全身をわななかせた。頭が真っ白になって、しばし宙に浮いていた感覚が、ゆるりと降りて体の中に戻ってくると、片貝は体を横向きにして、ほうっと息をついた。後ろはまだひくついていて、咥《くわ》えたままのディルドの形を、ゆっくり味わうように動いている。けれど心のほうはとっくに冷えてしまっていた。自慰のあとは、まるで全身の空気でも抜かれたように寂しくなる。

ジャックとの日々が、いまだに忘れられない。彼と交わることはなかったが、恋に悶々《もんもん》とする日々に妄想したことの数々は、片貝の性的嗜好《しこう》に影響を及ぼした。

片貝は人間を恋愛対象としては見ることができず、振り返ってしまうほど心が動かされるのは、愛犬とよく似た姿形の犬ばかりだ。子どものころは純粋に好きなだけだった犬も、その後ろめたさのせいで、好意を顕にできなくなった。異常だという自覚はあった。ばれるのが怖くて、人の目を気にするようになった。視線を避け地面だけを見て過ごすことが多くなり、自分に親しくしてくれる人々が、この秘密を知ったとたん離れていくのではないかと、卑屈《ひくつ》な被害妄想に囚われるようになった。

高校を卒業したあとは、進学を口実に逃げるように家を出て、そのまま就職して帰っていない。両親は変わってしまった一人息子を心配して、定期的に連絡をくれるけれど、片貝は彼らに合わせる顔がなかった。片貝の部屋には、母からの一方通行の贈り物ばかりが増えてゆく。

ジャックと出会ったことを、後悔してはいない。

でも、いくら追い求めても愛する犬はもういない。一人きりで、片貝はこれからずっと、秘密を抱えて生きていくしかないのだ。

寂しくて、すがるものがほしくて、片貝は今日会った男の目を思い出した。犬の目のようだったことが理由にしても、人間相手に、どきりとしたのは初めてだった。物騒な男だったが、また会いたいと思った。

彼になら、自分の秘密を打ち明けられるのではないかと、そんな想像をした。

叶うはずのない妄想の中でだけ、片貝は素直になれた。


その翌日、髪が生乾きのまま眠ったせいで、芸術的な寝癖と戦った朝だった。

出社した片貝が朝のルーティンワークをこなしていると、会議から帰ってきたばかりの部長から出向を言い渡された。

「いやあ、得意先の社長が、君の真面目な働きぶりを気に入ってね。人手が足りない営業所の手伝いに欲しいと言ってきているんだよ。もちろん、営業事務のエキスパートの君が居なくなると、うちも痛い。だから最初は断ったのだが、先方が熱心でね。押し切られてしまった。申し訳ないが、お願いできるかね」

まるで前もって紙に書かれた台詞を読むような調子で告げられ、片貝は眉を寄せた。怪訝《けげん》そうな部下の様子に、彼は慌てた調子で付け足す。

「出向料として給料も多めに出るよ。君にも悪い話ではないだろう？　先方の事務所は君の住まいからそう遠くない。たまには別の環境で働くのも君にとって良い勉強になるだろうし、これからの取引がよりスムーズになれば、こちらとしてもありがたい」

「先方は、どうやって私のことを知ったのですか」

説明をされればされるほど、それはどうも奇妙に聞こえた。片貝は終日オフィスで黙々と作業をしている。席は、パーティションで区切られ、入り口からは死角となる場所だ。来客の対応は片貝の担当ではない。片貝の顔を見たことくらいは、もしかしたらあるかもしれないが、その仕事ぶりまでは社外の人間に知られた記憶がない。

「いや、噂を聞いたんだろう。几帳面《きちょうめん》で集中力があって、正確だ。頑張りやの君のことはよく話題に出るからね」

もちろん、良い噂だよ、と部長は色移りしそうに黒い髪を、せわしなくなでつけた。視線は微妙に泳いでいる。いよいよ何かありそうだ、と思ったものの、片貝に拒否する選択肢がないのは明らかだった。

「私でお役に立てることでしたら、喜んで」

「そうか、そうか。それはありがたい」

彼の顔が、ぱっと明るくなる。

「後任に、明日から派遣を用意している。指導のほう、よろしく頼むよ」

用意がよすぎるな。片貝は思ったが口には出さなかった。


一体どんな理由があって、急に出向に行かされるのだろう。

助っ人が欲しいとしても、社外の人間がいきなり使えるわけでもない。いくら経験が長くとも新しい職場では、しばらくは足手まといだ。

片貝は、世話になっている社員たちに挨拶をしながら考えていた。片貝は仕事ができる方だと思っている。日々膨大な分量をこなすので、全てを完璧に仕上げられたわけではないが、頼りになるよと感謝されたこともある。今年はわずかだが昇給もした。営業事務員は営業社員の数に対して少なく、常に人手が必要な状態だ。

だが、自分がいなくとも、この部署が機能することも事実だろう。

なぜなら、片貝の仕事は誰にでもできることだ。つまり、いつでも替えが利く。片貝がやめたぶんを、より若い社員で補充《ほじゅう》すれば給料も安くつく。

今回の出向は、本当にただの出向かもしれない。だが、もしかしたら、そのまま帰れない可能性だってある。そういえば先日、リストラの噂を聞いたばかりだ。先方の会社で雇ってもらえるならまだましだが、片貝は繁忙期《はんぼうき》の非常要員として手伝いに行くのだから、それが過ぎれば用無しになるかもしれない。

そうなったらどうしよう。他に自分などを雇ってくれるところがあるのだろうか。

「出向か。大変だろうけど頑張ってね」

「仕事がたまらないうちに早く戻ってこられるといいね」

「片貝くんがいないと寂しいよ」

出向の件を聞いた顔見知りの社員たちは、次々に優しい声をかけてくれる。けれどそれも、新しい社員が来るまでかもしれない。手伝ってくれる相手がいなくなって困るという本心を隠しきれない人もいる。そういった反応のほうが、いっそすがすがしいとすら思う。

もちろん、片貝がいなくなることを、純粋に寂しがってくれる人もいた。

「片貝がいなくなると、寂しいよ」

不満そうに子どもっぽく口を尖らせてみせたのは、武田《たけだ》という同僚だった。

「嘘言うなよ。お前は俺よりずっと知り合いが多いだろう？　八方美人だからな」

彼は、片貝がこの会社で唯一、気安く接することのできる相手だった。

武田は今年の春に中途入社した営業社員だ。人懐っこく仕事もできるので、すぐ職場に馴染《なじ》んだ。それなのに何故だか片貝のことを気に入ったらしい。おそらく年頃が近い同性の社員が部署に少ないせいだろう。彼は空気を読むのがうまく、話しやすい。人見知りの片貝でも、緊張しない距離感をわきまえていて、根気強く歩みよってくれる。たまにランチを一緒にとることもある。

「でもこの会社で、本当に友達だと思っているのは片貝だけだ」

「調子がいいな」

思わず笑って、それから片貝は目を細めた。

「まあでも、職場もそれほど遠くないみたいだし、たまには愚痴に付き合ってくれよ」

「もちろんだよ。あとシェルターでも」

片貝が武田といると安心するもうひとつの理由は、彼も同じシェルターのボランティア・スタッフだからだ。話題に詰まったときにはシェルターの犬の話でも出せば間が持つ。彼も重度のペットロスに苦しんだ過去があるらしく、犬に接するときには人に接する以上に緊張してしまう、と教えてくれた。それでもシェルターの手伝いにはまめに参加しているところに親近感を持っている。

「ああ、そういえば、シェルターに空き巣が入ったんだって？」

昨夜のことを尋ねられて、片貝は、なんとなくぎくりとした。

「そうみたいだ。さすが営業職は情報が早い」

「今日は仕事が暇そうだから、ヘルプが要るか、シェルターに問い合わせしたんだ。そのときに聞いたよ。警察は嫌がらせじゃないかって言っているそうだ。最近物騒だね」

「そうだね」

「片貝も昨夜シェルターに行ったんだって？」

「え？　ああ、うん」

「背の高い男の人と一緒だったって」

「……その人が迷い犬を見つけてくれたんだ」

　ふうん、そう。何となく納得いかないような顔をして武田は首をかしげる。

「怖そうな感じの人だったけど、片貝とは仲が良さそうだったって。友達？」

「まさか。たまたま一緒になっただけだ。シェルターに興味があるって言うから、スタッフさんから許可もらって、連れていっただけ。俺も彼はちょっと怖いな、って思った」

　慌てて誤解を訂正する。そうか、と、武田はそれ以上は突っ込んではこなかった。

「お前ってさ、人見知りだと思っていたけど、犬のことになると勇敢だな」

「そういうわけじゃないけど……」

　昨夜犬のディルドを突っ込んで盛り上がった後ろめたさで、片貝は言葉を濁した。

「そうだったな、そんなに犬好きじゃないんだっけか」

　片貝が、彼と付き合いやすいと思うのは、こういった部分だ。不用意にプライベートな部分に踏み込んでこない。にっこりとして、気にしていないよと言外に伝えてくる。

「俺は今日行くから、ことづてがあれば伝えておくよ」

「いや、大丈夫、ありがとう」

それとも一緒に行く？　の誘いに片貝は心惹かれつつ、引き継ぎ用の書類を作らなくてはいけないので断った。武田と話すと気持ちが軽くなる。出向先でも彼のような人がいればいいのに。

リストラかもしれないという心配は仕事に忙殺《ぼうさつ》されて薄れてきた。通常業務に加え、一週間の引き継ぎ作業はハードだ。代理の派遣社員の飲み込みが早かったのが唯一の救いだ。

彼は片貝を、几帳面で仕事が早いと事あるごとに褒《ほ》めてくれた。賢くて、性格のいい青年だ。引き継ぎ最後の日には心細そうにしていたから、励《はげ》ましているうちに、彼が正社員になれる道が開けるなら、自分が首を切られるのも悪くないような気すらしてきた。

それなりに清々とした気分で迎えた出向初日の朝、片貝は地図を片手に息をはずませて、銀色のビルを見上げていた。

部長の説明通り、そこは片貝の住まいから頑張れば徒歩でも行ける距離にあった。ただ駅から離れた住宅地の一角にあり、入り組んだ路地はわかりづらい。春になれば青々と緑が茂るであろう街路樹に、紛れるように佇む建物は小綺麗ではあるが、どちらかといえば個人事業主系のオフィスに使われそうな雰囲気だ。片貝の勤め先は、それなりの規模の企業だ。こんな地味な営業所を構えるような会社を、得意先と呼ぶだろうか。

　首をかしげながらもエレベータで五階に上がる。扉がひらけば、そこはもはやオフィスフロアだ。内部に続く扉には、金のプレートが掲げられているが、会社名は刻まれておらず、つるつるだ。それ以外には小さなテーブルひとつ。上には内線専用の電話機がぽつりと置かれ、御用の方はこちらからと、簡素な注意書きがしたためられている。

　もしかして間違えたのかな？

　不安になって何度も住所を確認したものの、どうやってもここで間違いがなさそうだ。仕方ない、まごまごしていても埒《らち》が明かないと、受話器をとって内線を押すと、呼び出し音は二コールで途切れた。

「失礼いたします。今日からお世話になる片貝ですが……」

「いらっしゃい、鍵は開いているよ」

　フランクな調子で帰ってきた声に、あれ？　と、思う。聞き覚えのある声だった。

　扉を開けると、板張りの床が広がっていた。漆喰《しっくい》で塗られた壁はアクセントに煉瓦《れんが》材が使われており、天井は高く、あえてダクトはむき出しにされている。インダストリアルふうの、レトロなデザインの内装は、営業事務所というよりカフェやサロンよりの雰囲気だ。エアコンの設定温度は高めで、外との気温差のせいで、暑さを感じるほどだ。

　室内の家具は、応接用らしい革張りのソファが一式と、どっしりとした机がひとつ。

「やあ、また会ったね」

その間を颯爽《さっそう》と歩きつつ、軽く両手を広げて迎えた男に、片貝は、あ、と声を出した。短く刈り込んだグレーの髪、日に焼けた肌。彫りの深い顔立ち、意外に穏やかな目元。そして嫌味のように手足がまっすぐ長い、モデルのような長身。

「赤羽根さん?」

片貝は思わず顔をしかめた。先日、奇妙な出会い方をした、得体の知れない男が、胡散臭い笑みを浮かべてそこにいたのだ。

「俺に会いたくなかったって顔だ。悲しいな」

赤羽根も、すぐに片貝の表情の変化に気付いた様子だ。眉を下げて、軽く肩をすくめてみせる仕草は芝居がかっていて、ちっとも悲しそうではなかった。

「俺は得意先の会社に出向してきたはずだけど」

「そうだ。君の能力に目をつけてね。部長さんに君を斡旋《あっせん》するように頼んだ」

「あなたがうちの会社の得意先だって?」

「会社の得意先というわけではないが、部長とね、少し顔見知りで」

「私立探偵が?」

涼しい顔で赤羽根が頷く。

「守秘義務があるから詳しくは言えないが、どんな人間でも、それなりの地位のものは、叩けば埃が出ることが多い。俺は情報収集のプロだ。需要があれば誰であろうとも」

「そうなのか」

なんとなく、これ以上は聞いたらいけない気がして、片貝は彼の台詞を遮った。

「それで、そこまでして俺に手伝ってもらいたいことって何なんだ？」

「迷い犬捜しを手伝って欲しい」

「犬捜し？　事務処理は？」

「事務の仕事は必要ない」

「は？　俺は事務員なんだけど」

思わず片貝は声を尖らせた。もちろん犬は大事だ。だが、本職は事務だ。

「俺は犬捜しのプロでもなんでもない」

「だが犬がよくいる場所は知っているだろう？　それに君がいれば、犬も捕まえやすくなる。犬の捜索は大変な仕事だ。俺はここに来てから日が浅い。土地勘がないし、人脈も狭い。だから助手が必要だ。そしてこの仕事には、君ほど適役はいない」

「俺は、事務の仕事の手伝いをすると思ってここに来たのに……」

彼の言い分も理解できないわけではないが、それならそうと先に伝えて欲しかった。

「犬を捜すなら、他の方法の手助けだってできた。俺より犬の居場所に詳しいスタッフもいる。昼間に動ける人を紹介することだってできた」

「言っただろう？　君が一番適任だと、俺は判断した」

「それにしたって、どうして事前に相談してくれなかったんだ？」

なにもこんな、騙《だま》すような手口をとらなくても良いじゃないか、と訴えたかった。片貝は自分の仕事に誇りを持っている。頭では納得したつもりでいても、今までの仕事を置いて他の職場に行くのは心残りだったのだ。それでも来たのは、他の会社にヘルプを頼むほど、先方も困っているのだろうと思ったからだ。

それなのに実際来てみたら、事務仕事ではないうえ、この眼の前の男の、人を食ったような態度。そりゃあ、もちろん、リストラではなかったことは嬉しいが、赤羽根がこちらの意思など全く尊重していないようで腹が立った。

「残念ながら、あまり多くの人にこの仕事を知られるのはまずい理由がある」

片貝の内心を知ってから知らずか、赤羽根が少し真面目な調子になる。

「どんな理由？」

むっとしながらも片貝は耳を貸した。理由も聞かずに怒るのは良くないからだ。

「トラブルを抱えている。目的の犬を早く捕まえないと、困ったことになる」

彼はそう言いながら、デスクの引き出しから紙の束を取り出した。

「昨夜動きがあってね。捜している犬が、一頭ではなくなったんだ」

ずらりと広げられたのは、全て犬の写真だった。一枚の紙に、正面からのヘッドショットと、横から見た姿が撮られている。

「こんなに沢山の犬が行方不明《ゆくえふめい》なのか？」

それは確かに大変だ。片貝は写真をひとつひとつ確認してゆく。犬種もサイズも多岐《たき》に渡るが、目立つのは中型犬から大型犬の、ブラウンや黒、またはそれらが混じった短毛種だった。彼が倉庫街で追っていた犬と似た雰囲気の犬たちだ。

「そうだな、手配中だ」

冗談かと思ったが、よく見ればその犬の写真たちは、まるで別々のパーツをつぎあわせたような違和感があった。

その中に、片貝は見覚えのある犬を見つけた。紙の端に、赤いマークがつけられている。

「この犬って」

赤羽根が頷いた。

「シェルターで消えた犬だ」

無表情にこちらを見る犬の目には光がなく、まるで人間のようにも見える。それは片貝が記憶している実物のそれよりも、何倍も不気味だった。

「トラブルっていうのは一体何なんだ？　伝染病にでもかかっているのか？」

「病気は持っていないが、見つけないと、とにかく困ったことになる」

赤羽根は写真の一枚を弾いた。

「特別な犬たちだ」

テーブルに広げられた地図を前に、片貝は犬がよく集まるポイントをチェックした。赤羽根がその辺りの地理を吟味《ぎんみ》して、捜索エリアを丸で囲む。

ある程度目的地を絞ったところで、赤羽根が昼食を買ってこようと席を立った。

「何が食べたい？　といっても、近くにはコンビニしかないが」

「そうだな。じゃあ、コッペパンを使った卵のサンドイッチか、それがなければシャケと梅のおにぎりとサラダとフライドチキン、あと、あったかいお茶」

片貝はまだ少し怒っていたので、彼の申し出に遠慮なくリクエストを出した。

「コッペパン限定？　食パンは嫌いなのか？」

「パンは好きだけれど、具が偏っているのが嫌いなんだ」

「まあ、気持ちはなんとなくわかる」

ヨーグルトいるか？　グリーンスムージーもあるぞ、プリンは？　と、機嫌をとる上司の典型のような質問をしてから、赤羽根は出ていった。

意外と俗っぽいところもあるな。片貝は窓から彼を見送りながら思った。彼の後ろ姿は相変わらず姿勢が良くて、冷たい風にもびくともせずに歩いてゆく。彼がこれからコンビニでおにぎりだの弁当だのを買うのかと思うと、妙に面白く感じられた。

頼んでもいない期間限定チョコやのど飴やポテトチップスなどをがさがさ言わせながら、赤羽根は十分もたたないうちに帰ってきた。

「コンビニに行くとつい買いすぎる」

しみじみと言いながら、彼は、無表情ながらも嬉しげに戦利品を並べていた。

「そんなに食べきれないよ」

「菓子は日持ちするから大丈夫だろう。非常食にもなる」

色鮮やかなパッケージのジャンクフードを並べておきながら、彼はサラダチキンとミルクと素焼きナッツ、バナナという、料理というより素材よりのものを開けている。

「赤羽根さん、お菓子とか食べるの？」

「食べるよ」

サラダチキンにかぶりつきながら彼は言う。食べなさそうだ。

「事務員というのはおやつの時間があるのだろう？」

「それは偏見だよ。それに、俺、事務員として雇われてないって聞いたとこだけど？」

「だが習慣というものはあるだろう」

彼はしたり顔でそう言うと、机に並べたものの幾つかをバックパックに詰めてこちらに渡してきた。

根には教えないけれど。


「それに資料を入れて持ち歩くと便利だ」

「遠足じゃないんだから……」

呆れながらも片貝は受け取った。正直に言えばおやつの時間は毎日の楽しみだ。中身はもちろんだが、包み紙も好きで、季節ものや各地からのお土産《みやげ》ものの限定パッケージなど、珍しいものは綺麗に洗って家にコレクションしているくらいだ。秘密の趣味なので、赤羽根には教えないけれど。


お菓子とともに、捜索犬の画像の詰まったタブレットを渡されたあと、片貝は事務所を出た。てっきり一人で捜索をするのかと思っていたのだが、すぐに隣に背の高い男が並ぶ。

「事務所を空けておいて大丈夫なの？」

「平気だ」

片貝の疑問に、赤羽根は短く答えたあと、少し黙り込んだ。

「……すまないな」

「えっ、何？」

急な謝罪に、片貝はびっくりする。もはや一体何に対して謝っているのかもわからない。

「こんな寒い日に歩き回らせて」

「……いや、それはいいけれど」

謝るところはそこなのか？　と密かに呆れた。もしかしたらこの赤羽根という男は、人付き合いがあまりうまくないのかもしれない。

立派な見かけよりも、中身は残念な男なのかもしれないなあ。

片貝は隣の男を盗み見た。髪の色に、よく見ればかすかに色が入っている。グレーというより、くすんだブロンドのようだ。アンバーの目の色からして、元々色素が薄いのだろう。高い鼻梁《びりょう》や深い眼窩《がんか》も、ここよりももっと北の、寒い国に住む人々を彷彿《ほうふつ》とさせた。手足は細いが肩幅は広く、胸に厚みがあって、スーツがよく映えるスタイルだ。のどかな昼下がりの住宅街にはミスマッチなほど、軍人のように歩く姿勢もよく、黙っていれば猟犬《りょうけん》のように毅然《きぜん》として見える。

「昼間にあまり歩き回ることがないから」

ふと、彼に話しかけたくなって、片貝は口を開いた。

「？」

「仕事していると、そうなるだろう？　俺は残業が多いから、いつも帰りは遅くて。休日は、だらだら家で過ごしている。シェルターに行く日は朝から家を出るけど、だいたい、屋内にいる犬の世話をしているから外に行くことがなくて」

「そうか？」

彼は片貝が何を言わんとしているかが掴めない様子で首をかしげた。戸惑うと、彼の眉間には、軽く皺が寄るらしい。

「ええと、つまり、たまに陽の光を浴びて歩くのは気分がいいってこと」

「そうか」

二度目のそうか、は柔らかい声で返された。歩きながら話をまとめるのは、片貝には難しくて、とぎれとぎれの片言《かたこと》になった。からかわれることも覚悟していたのに、赤羽根は気にした様子もない。片貝は、以前観光客らしき人物に道を訊かれたときに、たどたどしくも一生懸命《いっしょうけんめい》説明するさまを笑われ、声真似をされておどけられたことがある。親愛の表れだったとしても、落ち込んだものだった。

「シェルターではどんな活動をしている？」

今度は赤羽根から話しかけてくれた。

「やれることは何でも。施設内の掃除から、犬のブラッシング、散歩、トイレの躾。サイト用の写真撮影もする。ただ犬と遊ぶこともボランティアのひとつだ。一番頼まれるのは、新入りの犬を施設に慣れさせることかな。あとは病院の付き添いと」

「働き者だな」

「犬に好かれるタイプだからね」

「その能力は羨《うらや》ましい」

「そうかな。俺自身はあまり嬉しくない……」

「犬はあまり好きじゃない、のだったか」

赤羽根は目を細めて口角を上げる。

「犬が好きでもないのに、どうしてそんなに熱心に犬の保護活動に参加しているんだ？」

「それは、義務だから」

「義務？」

「そう」

片貝は頷いた。

「犬っていうのは、そもそもが人間の都合で品種改良されて、繁殖《はんしょく》させたり飼われたりしている。野生に犬はいないんだ。だから捨てられたり飼育放棄《しいくほうき》されたりしている犬がいたら、他の人間が責任を持って引き取るのが筋だと思う」

「立派だな」

「そういうわけでも……」

「それだけにしては、犬の扱いが手慣れているように思えるが」

「……」

なにげないような一言に、片貝は黙り込んでしまった。子どものころには犬を飼ったことがあると言えば、多分、それなのに今は犬が好きではないのか？　と不思議がられるだろうし、その犬との相性が悪かったのかと疑われるかもしれない。愛犬に関することで、片貝は嘘をつきたくなかった。だから口を閉ざすしかなくなった。

「あ」

不自然な沈黙のあいだ、片貝が左右の足と腕が同時に出ないように気をつけながら歩いていると、赤羽根が小さく声を上げた。彼の視線の先を見れば、電柱の陰から犬がこちらを覗いていた。耳がたれて目がくりくりとした、少し情けない顔立ちのレトリバー種らしき個体だ。犬はこちらが気付いたと悟ると、くるりと背を向けて駆け出した。

赤羽根が走り出し、片貝もつられるように地を蹴った。


幸い、犬は本気で逃げるつもりはないらしく、数十メートル駆けては立ち止まり、こちらを振り返り、振り返りしながら早足で歩いている。それは、運動不足気味の片貝でも辛《かろ》うじてついていける速度だった。赤羽根はといえば、片貝にペースを合わせているせいか、長い足をもてあますような走り方をしている。

「なあ」

「なんだ?」

「あれ、普通の犬のような気がする」

「君から逃げているのに?」

「あれは俺たちに遊んでもらいたがっているだけだ。尻尾をふっているだろう?」

「ああ、なるほど」

赤羽根は納得したものの、彼を追うのはやめなかった。

「追いかけるのか？」

「迷い犬だろう？　シェルターに連れていかなくていいのか？」

「まあ、そうだけれど」

仕事はいいのか？　と尋ねたかったけれどやめておいた。彼がいいならいいのだろう。

「ほら、ばてるな。見失うぞ」

それに赤羽根は、犬を追うのを楽しんでいるようだ。

先に行って捕まえてくればいいだろう？　内心で彼に八つ当たりをしながら、片貝も、極力なんでもないふうを装って足を動かした。

やがて住宅地を抜けると、田畑ばかりが目立つ場所に出た。その中に大きなショッピングモールがひとつだけ、離れ小島のように建っているのが、余計に視界の寂しさを引き立てている。そのショッピングモールすら通り過ぎると、街路樹も消え、荒れた土地と、低く古い建物がまばらに残るだけの区画にはいってゆく。

来たことのない通りだが、この道がどこに向かっているかは知っている。片貝は足取りをゆるめた。管理のずさんな道路の、アスファルトのひび割れが、まるで境界線のように片貝の前を横切っている。

その先では、倒壊《とうかい》寸前に見える小屋やテントが、みっしりと立ち並び、昼の日差しに不釣合いな暗い影を地面に横たえている。この周辺は、通称W地区と呼ばれている。治安が良くないという噂だ。迷い込んで、行方不明になった人間が何人もいるとも聞く。

「怖いのか？」

無意識に立ち止まっていた片貝に、赤羽根が尋ねてくる。

トタン屋根の上の洗濯物がばたばたと鳴っている。風が強くなってきたようだ。赤羽根のコートがそれを受け、まるで片貝を招くように翻《ひるがえ》った。

赤羽根は少しも怖がっていなかった。遊びたがっている犬のように片貝の先を行き、彼を待っている。

「怖くなんかない」

意地と、それから少しの好奇心で恐怖を押し込めて、片貝は足を踏み出した。

ここから先には、人ではないものが住んでいる、と聞いている。

W地区内に入ると、犬は水を得たとばかりに路地裏をすばしっこく逃げ回り、とうとう見失ってしまった。

「どこに行ったんだ」

犬を見失って不本意なのか、赤羽根は舌打ちしつつ、周囲をぐるぐると歩き回っている。片貝は、久しぶりの運動に息を切らしながら、できるだけ身を小さくしていた。犬の行方は気になるが、今は自分の身の上が心配だった。この区画に足を踏み入れた瞬間に感じた、自分自身への異物感は、片貝の虚勢《きょせい》など軽く吹き飛ばすほどに強烈だった。よそものへの拒否感と警戒、そして自分の縄張りに、よそものが勝手に立ち入ってくる不快と怒り。片貝は、どの路地に足を踏み入れても同じようにそれを感じ取った。思い込みだと自分に言い聞かせながら進んでいたものの、道端にたむろして会話していた若者たちが、こちらを一斉に不審げな顔で睨んできただけで、片貝の胃はきゅうっと上がった。視線はすぐに逸らされたが、片貝はすっかり怯んでいた。

とにかくここを脱出したい一心《いっしん》だが、今は迷い犬を捜す任務のさなかだ。真面目な片貝にとって、業務中に尻尾を巻いて逃げ帰るのはどうしてもプライドが許さなかった。

それにしても赤羽根はこの雰囲気でよく平気でいられる。片貝は、傍で軽い悪態をついている男を呆れとも感心ともつかない気持ちで観察した。私立探偵として相当な修羅場をくぐってきているから、この程度の状況にはびくともしないのか、それとも自分の力に自信があるのか。いや、ただ鈍いだけかもしれない。

そんなことを考えている片貝の前で、赤羽根はといえば、せわしなくあちこちと走り回り、地面の匂いを嗅いでみたり、方位を確かめたりして、犬の行方にしか興味を払っていない。見失ったのがよほど悔しいのか、肩をいからせ、大股でうろついているさまは、まるで檻の中のライオンだ。気に入らないものがあれば今にも飛びかかりそうで、とても友好的とは思えない。そんな彼がおもむろに、通りすがった人相の悪い住民らしき男の腕を掴んだので、片貝は悲鳴を上げそうになった。

「この辺りで犬を見かけなかったか？　垂れた耳の大型犬で……」

幸い、喧嘩を売る口調ではなかったが、話しかけられた男はそうは思わなかったらしい。

「なんだ、あんた、俺を馬鹿にしてるのか？」

吠えるように怒鳴る声に、片貝は薄くなって周囲の壁に溶け込みたくなった。確かにその聞き方は不適切だ。せめて挨拶くらいは必要じゃないのか。こんにちは、いい天気ですね、ところでお伺いしたいのですがこの周辺で迷い犬を見かけませんでしたか？

「違う、馬鹿にしていない、質問しているだけだ。この周辺で見失ったんだ。ついさっきのことだ。聞きなれない犬の声を聞いたとか、匂いを嗅いだとかもないか？」

赤羽根は、相手の怒号をものともせず、淡々と自分の知りたい情報だけを伝える。

「何で俺がお前にそんなことを教えないとならねえんだよ」

威嚇に全く怯まない赤羽根に、男のほうが気勢を削がれつつあった。見れば赤羽根の指は、しっかりと男の腕に食い込んでいて、彼がどんなにもがこうとも、びくともしない。

「俺は情報を知る必要がある」

「てめぇ、何様だよ、見ねえ顔だ。よそものに教えられるもんなんかねえよ！」

「よそもの、というわけでもない」

彼はそう言うと、顔を上下して、鼻先で空気を掬《すく》うような、奇妙な動きをした。

「その鼻が飾りでなければ、わかるだろう？」

「……仲間か」

彼らが片貝にはよくわからないやり取りをしたとたん、男は怒りをしずめた。赤羽根が彼の腕を解放しても、もはや敵意を見せなかった。

「とにかく、俺は見てねえ。この周辺の路地は入り組んでいて、近所の住民だって道に迷う。よそもののあんたなら尚更だ。どちらにしろ、捜しているのがただの犬なら、ここは居心地の悪い場所だ。そのうち自分で出てくるだろう。もういいだろう？　俺は急いでいる」

「そうか。ありがとう」

赤羽根は男に名刺を差し出した。

「よそもののあやしい『犬』の姿を見たときには、知らせてくれないか？」

「……ああ」

先程までの剣幕が嘘だったかのように、男は名刺を受け取ってその場を去っていった。

片貝は、しばらくぽかんとその後ろ姿を見送ったあと、はっとして赤羽根を振り返った

「さっきの会話は何だ？」

「ああ。〝仲間〟のことか？」

彼の答えは簡潔だった。

「俺はウェアウルフだ。この周辺の住民と同じようにな」


狼男、いわゆるウェアウルフの実在が公表されたのは、半世紀ほど前のことになる。最初はテレビのニュースだった。深い森に潜んで暮らしていた人々が、満月になると狼のような姿に変わる。その体を詳しく調査した結果、彼らは人間とよく似ているが、異なる存在だと発覚した――という内容だった。

放送日がエイプリルフールだったこともあり、当時の視聴者はジョークニュースと捉えた。多くの人間にとって、ウェアウルフとは長年にわたり、架空の生き物の代名詞だったのだ。今さらその実在を信じろと言われても難しい話だった。

しかし、そのニュースはそれからずいぶん長いこと新聞やニュース記事のトップを飾り続けた。ウェアウルフ自身がメディアに登場するようにもなった。彼らが変身するシーンの映像も流されたが、被写体のプライバシー保護のために不鮮明だったこともあり、人々は映像加工技術の発達した現代に、この程度のCGを作るのはたやすいと、その現実を直視するまでにはいたらなかった。

人類がどうしてもウェアウルフの問題と向き合わなければならなくなったのは、彼らが起こした犯罪のためだった。国際的なテロリスト集団が、彼らの卓越した身体能力に目をつけて、スカウトをはじめたのだ。

当時のウェアウルフは人間社会での権利関係が曖昧《あいまい》だった。何の保証もなく森の奥から連れ出されて不安になっている彼らを、テロ集団の人間たちは高額の報酬と住居で釣り、種族など関係なく、同志はすべて仲間だと説いた。仲間意識が強く義理堅いウェアウルフに対し、そのアプローチは面白いほど成功したという。

やがて、ウェアウルフだけで組織されたテロリストチームは、世界中のあらゆる都市で事件を起こし始めた。同時期に、隣人の正体がウェアウルフだったと知った住民が彼らを撃ち殺そうとして返り討ちに遭う事件もあった。ずたずたに引き裂かれた被害者のなきがらの画像が流出し、ネットに拡散されたため、ウェアウルフが実在するといった認識と、彼らへの恐怖は同時に高まった。

元々ウェアウルフは伝説でも人を噛み殺す存在だったので、彼らが人類の敵だという主張は、説得力があったのだろう。ウェアウルフの数は人類が思っているよりも多く、すでに世界各地に生息しており、そして満月以外は人間と見分けがつかないという事実が、その恐怖に拍車をかけた。一時期は、身近な相手が狼に変身するという妄想による、集団ヒステリーが頻発《ひんぱつ》し、彼らを駆逐《くちく》しようと運動する組織まで出てくるしまつだった。

現在ウェアウルフは人と同等の知性と道徳観念を持ち、それは変身した姿であっても変わらないことが証明されている。問題のテロリスト集団は解体され、彼らを裏で操っていたのは人間だったということも世の中に公表された。彼らは政府によってその権利が保証されており、むやみに危害を与えれば、犯罪となる。

とはいうものの問題が解決したわけではなかった。いまだ、ウェアウルフに定められた権利も、人類のそれと比べれば杜撰《ずさん》なものだった。元々その保護法はウェアウルフから人間を守るために制定されたもので、ときに、人間との不用意な接触を避ける、という名目で、あからさまに人間よりも不利な条件をつけられている。そのせいで彼らが人間と同じ職場で働くための条件は厳しく、都市開発計画やダムの建設等で住まいを追われた場合、新しい土地を購入することも難しい。結果、彼らは政府の保護区画という、海辺や山の方にある交通の便の悪い、人が好んで住まない辺鄙《へんぴ》な場所に移住して、粗末な小屋に住み、ほそぼそと日銭《ひぜに》を稼いで暮らしてゆくしかなくなった。公表からずいぶん経過した今ですら、ウェアウルフと交流のある人間は少ない。

人々はいまだにウェアウルフは粗雑で、好んで犯罪者になり、すぐに暴力をふるうという偏見を信じている。犯罪に走るのは教育の不十分さと貧困が理由で、それは人間も変わらないのに、まるでウェアウルフの存在自体が悪であるかのように、煽情《せんじょう》的に書き立てるメディアも少なくない。

　片貝自身も、ウェアウルフに対する扱いは不当だとは思っているものの、やはり狼に変身すると聞けば、どうしても恐ろしく感じてしまう。それに身近にウェアウルフなどいないと思っていたから、その問題について、真面目に考えたこともなかった。

「……本当に？」

　思わず赤羽根に、聞き返してしまった。彼は嫌な顔をするわけでもなく、頷いた。

「本当にウェアウルフだ」

「じゃあ、狼になったりするのか？」

　失礼な質問かもしれないが、片貝はどうしても聞かずにはいられなかった。

「狼にはならない。長年人間社会にまぎれて暮らしているうちに、俺たちの種族の殆《ほとん》どは、飼い犬と変わらない姿になっている」

「じゃあ、犬に変身する？」

「犬の姿に変身するだけで、中身まで犬というわけではない」

　片貝は、彼に初めて会った時に、匂いを嗅がれて、俺は何とも思わないと言われたことを思い出した。

「もしかして、あなたが追いかけている犬、っていうのも、中身が犬ではない犬の姿をした誰か、ってこと？」

赤羽根は頷いた。

「そうだ。俺が追っているのはウェアウルフだ」

説明を渋るかと思ったが、一度ばれてしまえば、隠す必要はないといったふうだ。

「自分がウェアウルフであることを公表して生活しているものは全体の半数だ。あとの半分は正体を隠して犬や人間になりすまし、人間社会にまぎれて暮らしている」

「俺たちがしているのは犬捜しじゃなくて人捜し？」

「ウェアウルフ捜しかな。ウェアウルフと人は厳密には同じじゃない」

まあでも、おおまかにはそういうことになるな、と彼は付け足す。

「人間になって暮らしている連中なら、住居を借りたり仕事をしたりするために何らかの身分証明書が必要になるから、居住地や職業に特定の条件が出てくる。近隣の住人や職場の連中への聞き込みも可能だ。だが、犬として暮らしているウェアウルフを洗い出すのは骨が折れる。犬になりすますことに慣れている連中は、同族の俺でも、よっぽど近づかないと見分けがつかないしな。犬になったときの容姿が割れていればまだどうにかなるが、今回は連中が、自分と似た犬をこの近辺に大量に放したせいで難航している。だが連中も中身まで犬になっているわけではない。つまり、君のような犬に好かれる能力がある人間がいても、ウェアウルフなら反応しない可能性が高い」

「だから俺を選んだと」

「そうだ」

「どうして、それを先に言わないんだ」

片貝は苛立ちを抑えて、吐き出すように問いかけた。赤羽根の回答は簡潔だった。

「怖がるかと思って秘密にした」

「あなたはいつも事後報告だ」

「すまないとは思っている」

やはり淡々と答えたあと、彼はかすかに笑った。それは今までのように芝居じみたものではなく、ひっそりとどこかを痛めているような、そういう類の、儚《はかな》い笑みだった。

「やはり怖いか?」

だからだろうか。片貝はかぶりをふった。

「怖くなんかない」

はっきりと、否定した。

「秘密にされて勝手に決められたことには腹が立つけど、事情があるんだろう? だったら仕方ない。手伝うよ。捜さないと困る人がいるんだろう?」

「……それはありがたいな」

彼はまるで、片貝の反応が意外だったとばかりの様子で目をしばたかせた。きょとんとした顔になると、彼の若さが引き立った。

確かに、犬みたいな顔だな、と片貝は思った。ウェアウルフだからといって、人間の姿でも顔が犬っぽいかどうかはわからないが、なんとなく片貝は彼が犬の姿になっても、彼だと見分けられるような気がした。

「でも、勝手に秘密をつくるのは、もうやめてくれ」

「……努力はする」

ということは、まだ秘密があるということか。嘘をつかないだけましだと、片貝は追求しないことにした。


W地区から出たところで、片貝たちは、さきほどまで追いかけていた犬を見つけた。今度こそ驚かさないようにと、彼は赤羽根を待機させて、自分だけが犬に近づいた。

「おいで」

手を差し出し、呼びかけると、犬は尻尾をふって、しずしずと片貝に近づいてきた。まだ若い犬だった。おそらく自分たちから逃げ出したのは、遊んでもらいたかったからなのだろう。しおらしい様子からして、もしかしたらW地区で怖い目に遭ったのかもしれない。

「普通の犬だな」

勝手に近づいてきた赤羽根が、鼻をひくつかせた。

「匂いでわかるのか？」

「これくらい近づけば、さすがにわかる」

　犬のほうは、赤羽根を見て困ったようにしきりに首をかしげている。

「ウェアウルフは犬に嫌われるのか？」

「そのあたりは人間と変わらない。犬を飼っている連中もいなくはない。俺はただ単純に、動物に好かれないだけだ」

「ふふっ」

　相変わらず単調なその返事に、思わず、片貝は声を上げて笑ってしまった。緊張が緩んだせいかもしれない。

　赤羽根は笑う片貝を怪訝そうに眺めていたものの、やがて背筋をぴんとのばし、行こう、と呼びかけてきた。

「そいつもシェルターに連れていくのだろう？」

「ああ、そのつもりだけど」

　一緒に行くのか？　もうシェルターは捜した後で、あなたの目的の犬はいないだろうに。今日は車もないし、シェルターまでは、前よりずっと距離があるのに。

　そう続けようとした言葉は途中で消えた。

　西日さす道の途中にすらりと背をのばし、赤羽根はこちらを見ている。W地区に入ると

き と同じように。まるで主人を待つ犬のように。彼は、片貝と一緒にシェルターに向かうことを、欠片《かけら》も疑っていない。

「……じゃあ、行こう」

片貝が声をかけると、彼は小さく頷いて歩きはじめた。今度は、片貝が自分の後ろをついてくるのが当然だとばかりの、自信に満ちた歩調だ。

ジャックとの散歩も、そういえばこんなふうだった。溢れてきそうになる記憶を無理やり閉じ込めて、片貝は小走りで彼に並んだ。


シェルターに到着すると、赤羽根は入り口付近で立ち止まり、片貝だけで行くようにと言ってきた。

「俺は部外者だ。あまり顔を覚えられたくない」

「気にしないと思うよ、ここ、スタッフ数も多いし」

彼は静かにかぶりをふった。

「ここで待っている」

施設脇の車止めに腰を落ち着けると、はやく行けと顎をしゃくる。

別に先に帰っていてもいいのにと、口をついて出そうになった台詞を、またもや片貝は押し込めた。彼はおそらく片貝を送ってゆくつもりでいるのだろうし、片貝がいくら言ったところで自分の決めたことを曲げそうになかった。

「そうだ、頼まれてくれないか」

「何？」

「俺の捜していた犬について誰かに訊かれたら、犬は見つかったと言ってくれ。ここから盗まれた犬が、俺の捜していた犬だと説明してほしい」

彼は、奇妙なことを片貝に頼んできた。

「偶然通りを歩いていた犬を保護して、連絡をくれた人がいた、飼い主とも再会できたと伝えてくれ。所在を訊かれたら、今度俺に会った時に聞いておくと言うんだ。疑われたら、警察からもそのうち連絡が来ると付け足せばいい。警察への手回しはしておく」

私立探偵に、何故そこまで権限があるのかという疑問もあったが、それよりも納得いかないことを、片貝は口にした。

「どうしてそんな嘘をつく必要があるんだ」

片貝は嘘をつくのが苦手だった。特に、犬に関する嘘は好きではなかった。気が進まない。眉を寄せて抗議をすると、赤羽根は、たしなめるように口をひらいた。

「ここから消えた犬の正体はウェアウルフだ。見つかったとしても、このシェルターに戻ることはない。少なくとも、犬の姿ではな。ならば早めに、嘘でもいいから、心配ごとを解決させておいたほうがいいだろう。この嘘で誰かが傷つくわけでもない」

「……そうだけど」

確かに一理あるのかもしれない。いつまでも見つからないままなら、シェルターのスタッフたちは、犬が自分たちのせいでさらわれてしまったと、後悔を引きずり続けることになるだろう。片貝は散々悩んだあと、しぶしぶ頷いた。


それにしても、嘘をつくことは心臓に悪い。

シェルターに犬を引き渡した後、すぐに片貝はスタッフに声をかけられた。質問は案《あん》の定《じょう》、赤羽根の捜していた犬についてだ。

「あっ。犬は見つかったって聞いたよ。やっぱり、ここから盗まれた犬だったみたいで。届け出もしたそうだから、そのうち、警察から報告が来るんじゃないかな、って」

「そうか、それはよかった！」

我ながら、台詞が棒読みで声も上ずってしまった。俺はひどい大根役者だなと思ったが、幸い、尋ねてきた相手は気付かなかったようだ。顔を輝かせて、周囲にその喜ばしいニュースを広めに行ってしまう。片貝の言葉を、すっかり信じ切った後ろ姿に胸が痛む。

どうやら片貝が仕事の引き継ぎで忙しかったあいだ、この施設には何度も警察の手入れがあったらしい。経営システムやスタッフのシフト、はては彼らの懐事情まで根掘り葉掘り尋ねられ、しばらく譲渡会も禁じられたそうだ。空き巣に入られたのはこちらのほうなのに、まるで加害者だ、とスタッフのひとりが、うんざりとした様子で説明してくれた。

そんな状況のせいで、彼らは明るいニュースに飢えていたようだ。

「本当に見つかって良かったわ。犬だけでも無事で本当に」

涙をにじませているスタッフもいる。

「そうですね、偶然、道を歩いていたのを発見されたそうで……きっと空き巣に驚いて逃げ出したんでしょうね」

片貝は、背負ったバックパックの中身を、ずっしり重く感じながら、できるだけ表情筋を引き上げる努力をした。

「ということは、あのハンサムさんはもうこのシェルターに来ないのかしら」

残念そうに言ったのは妙齢の女性スタッフだ。

「ハンサムですかね。人相は悪かったけれど」

話題がずれたことにほっとしつつも、片貝は赤羽根がハンサムだと言われたことが、何となく気に食わなくて反論した。すると、彼女はころころ笑った。

「ちょっと危ない雰囲気がまたいいんじゃない、危険な男ってセクシーだわ」

「俺はごめんだけれど」

「そりゃあ、片貝くんは、おしとやかな女の子のほうが好みでしょうけどね」

片貝の反応が面白かったらしく、皆がいっせいに笑う。おかしなことを言ってしまったらしいと気付いて、片貝は冷や汗をかいた。


逃げるようにして施設を出ると、別れたときと同じ場所で赤羽根が待っていた。車止めのポールによりかかり、長い足を無造作《むぞうさ》に投げ出して、こちらに顔だけを向けている。

「待たせてすまない」

「かまわない」

会話を振り切るのに手間取ったから、かなり時間が経過していたが、赤羽根は本当に気にしていない様子で、すっと立ち上がると片貝の隣に並んだ。その仕草がやけに自然で、片貝は胸がざわついた。風の冷たさが遠ざかり、彼の居る側から、ぬくもりが滲む。

「何か食べて帰るか。腹が空いているだろう?」

「そうだね、何か……あ、でも俺あまり店は知らないんだ。ラーメンくらいしか外で食べたことなくて」

だからだろうか。素直に彼の申し出に乗っていた。

「自炊をしているのか」

「いや、お惣菜屋さんで弁当を買ってる。それかコンビニか」

「あまり健康に良くないいな」

「あなたも あまり食生活が充実しているようには見えないけれど」

「たまには贅沢《ぜいたく》をしているさ」

「焼肉とか」

「悪くないな。中華とか」

ほっとしたのか、するすると言葉が出てくる。彼とは、会話がしやすい。

不思議だな、と思ったとき、後ろから声がかけられた。

「あれ、片貝？」

振り向けば、武田がこちらに向かって歩いてくるところだった。

「シェルターに来てたのか。今日、出向初日だったんじゃないのか？」

「うん、そうなんだけど、たまたま迷い犬を見つけて」

「へえ？」

彼は笑顔にかすかな困惑をにじませながら、片貝の隣にいる男を見やった。

「片貝のお友達？」

武田が赤羽根に問いかける。彼特有の人懐っこい笑みは、赤羽根には効かないようだ。

赤羽根は感情の掴めない顔を軽く傾け、おもむろに片貝の肩を引き寄せた。

「友達じゃない。恋人だ」

「え」

「彼は俺の愛犬を一緒に捜してくれたんだ。その親切さに惚れてアプローチした。晴れて結ばれてから今日でようやく一週間」

「え……そうなんですか」

あからさまに武田の顔がこわばっている。それはそうだろう。親しい相手から、急に同性愛をカミングアウトされたようなものだ。他人事のようにぼんやり考えたあと、片貝ははっとして赤羽根の手を払いのけた。

「ちょっと、何言って」

「冗談だ」

「え」

赤羽根は真顔で、便宜上《べんぎじょう》のネタばらしをはじめた。

「片貝と俺は古い友だちだ。最近こっちに戻ってきたところでね。街の様子が随分変わっていたから、彼に色々案内してもらっているところだ」

「ああ、そうなんですか」

ほっと息をついた武田が苦笑いをした。

「びっくりしました。あんまりあなたの演技が自然だから……俳優か何かなんですか?」

「いや、普通のサラリーマンだよ」

赤羽根は息をするように嘘をついて涼しい顔だ。

「俺も犬が好きでね。片貝に教えてもらって、シェルターの手伝いもしたいと思っている。これからも顔を合わせることがあると思うが、よろしくしてくれ」

「もちろん、こちらこそ」

なんとかペースを取り戻したらしい武田が、営業向きの笑顔をつくる。だがいつものように握手を求めないところを見るに、どうも彼は赤羽根を警戒しているらしかった。当然だ。彼はとても胡散臭い。


「それじゃあ、俺はこれで」

片手をあげて背を向けた武田を見送ったあと、片貝は赤羽根を睨んだ。

「俺はああいう冗談、良くないと思う」

「恋人同士っていう設定が？」

「そうだよ。悪趣味だ」

「そうかな？」

彼はきょとんと首をかしげた。

「これからしばらく、二人で行動することが増える。仕事相手と説明しにくいなら、恋人と名乗るのが一番自然かと思ったが」

「赤羽根さんの常識は普通のそれとは、かなりずれていると思う。それにそうやって、簡単に嘘をつくのも良くない」

「全くの嘘というわけでもないかもしれないぞ」

片貝の説教に、赤羽根はどこか楽しそうに反論した。

「これから本当になるかもしれないだろう？」

「は？」

「中華でいいかな？　早く出てくるし、近くにいい店がある」

彼はわざとらしく話題をそらし、さっさと歩きはじめた。

「土地勘がないんじゃなかったのかよ！」

まるで捨て台詞のようにその背に声をかけると、彼が肩越しに振り返り、目を細める。

「いいから行こう。体が冷える」

「……」

なんとなく悔しくて、片貝がその場にふんばっていると、彼は戻ってきて少しかがみ込み、目線を合わせてきた。

「ほら、おいで」

優しくて穏やかな声だった。彼のアンバーの目が、まっすぐに片貝を捉えている。その目を見ていると、不思議といらだちが収まってくる。

「俺は犬じゃない……」

それでも、負け惜しみめいてぶつくさとこぼしつつ、片貝も歩きはじめる。


気分良く晴れた朝だった。

片貝が事務所に行くと、赤羽根はすでに来ていて、ソファで珈琲《コーヒー》を飲みつつ、ぼんやりしていた。応接用のテーブルには昨夜食べきれずにテイクアウトしてきた中華のランチボックスの空がある。久しぶりに長距離を移動したので腹が空いているから大丈夫だと言って、あれもこれもと頼む赤羽根にまかせていたら、許容量の倍ほどの料理が出てきたのだ。案の定食べきれなくて、ぱんぱんになった腹をさすりながら睨む片貝に、赤羽根は、中華は冷めても美味しいから大丈夫だと居直った。そして結局二人で分けてテイクアウトした。それがどうやら彼の朝食になったようだ。

「まさかここに住んでいるのか？」

生活が乱れているなあ。片貝は腰に手をあててため息をついた。赤羽根からもらったコンビニ菓子で朝食をすませた自分には言われたくないだろうが。

「ああ、おはよう」

噛み合わない返事とともに、彼が半身を起こす。調べ物でもしていたのか、眠そうだ。

「今日はどこを探す?」

片貝がテーブルを片付けて地図を広げても、赤羽根はまだぼうっとしている。

「寝ていないのか?」

「ここには住んでいない」

今日の彼とはずいぶん時差があるな、と片貝は思った。赤羽根は子どものように指で目元をこすったあと、大きなあくびをした。

「調べ物で夜更かしをしてしまった」

それでも律儀に反応はする。

「じゃあ、今日は俺が一人で探しに行ってもいいけど」

「いや」

やっとオンタイムで会話が成立した。

「今日はオフにしよう」

「赤羽根さんが?」

「いや、君もだ」

彼は軽く頭をふると、しっかり首をすわらせた。

「前も言ったが、俺はここに移り住んで日が浅い。気になる店があるから付き合って欲しい」

「まさかこの周辺の店を探していて寝不足なんて言わないよな？　人捜しは急ぐんじゃないのか？」

「そうだな、のんびりできる仕事ではないが、休む暇もないというほどではない」

「まだ火曜日だ」

そういえば、この部屋にはカレンダーすらかかっていない。事務員もおらず、社員は全員留守にすることもある。私立探偵の一般的な業務形態がどんなものかは詳しくないが、こんなにいい加減で、本当に商売として成り立っているのだろうか。

「俺はここ半月休みなしで働いてきた。そろそろ一日くらい休んでもいいころだ」

「俺は土日が休みだったから、今日は働きたいんだけれど」

「雇い主の命令は聞くものだ」

偉そうに言ったあと、彼は唇の端を持ち上げた。

「片貝くん、俺とデートしてくれ」

「またその悪趣味な冗談」

「趣味は悪くないほうだ」

よし、とひとりごちると、彼はすらりと立ち上がった。

「ほら、おいで」

そう言って手を差し伸べてくる。赤羽根は、先程までのだるそうな態度をすっかり脱ぎ去って、爽やかに目を細めている。

「……わがままな上司だ」

片貝は彼の手を無視して立ち上がった。

「そうか、こういうのは好きじゃなかったんだったかな」

赤羽根はかすかに苦笑をにじませたものの、すぐにコートを手に取り支度をはじめた。

その、あっさりと引き下がる態度に、片貝は理不尽《りふじん》にも、かちんと来た。

「デートは断られてしまったが、周辺の地理を把握するのを手伝って欲しい。俺一人で白昼の住宅地をうろついていると、不審者と間違われてしまうかもしれないからな」

「それはそうかもね。赤羽根さんは、見るからにあやしいから」

あてつけまじりに冷たく言い返しつつ、片貝は彼のあとに続き、外へと出ていった。


最初は、事務所の周辺を歩いてまわった。赤羽根は庭の様子や家の築年数、ガレージの車や洗濯物などから、次々とその家の家族構成や職業、住民の性格や家族間の状態を推理した。当たっているかどうかは、片貝には確認しようもないが、赤羽根の解説には信憑《しんぴょう》性《せい》があった。例えば庭の植物やエントランスのドアノブなど、些細《ささい》なヒントから持ち主のプライベートを導き出してゆく。恐ろしい観察眼だと、ぞっとするほどだ。

「あなたって、もしかして、人間も見ただけで色々わかったりする？　ほら、テレビでF

ＢＩがよくやるみたいな」

「プロファイリングのことか？」

「そう、それ」

「勉強したことはある」

「俺のこともわかるのか」

「なんだ、分析されたいのか？」

「されたくないけど……隠しているつもりでばれていたら、無様じゃないか」

されたくない、というよりも、片貝の秘密も見抜かれてしまうのではないかと不安になったのだ。

「そんなに大きな隠し事があるのか？　人を殺したとか？」

面白そうに赤羽根が言う。

「いや、違うな、君は人を傷つけることはできないタイプだ」

「それは当たっている。でも大きな隠し事はあるかな」

窺うように見上げると、彼は何かを察したのか、心配するなと言った。

「プロファイルは統計だ。人の心が読めるわけじゃない。傾向がわかるというだけで、個人的な隠し事を暴くものではない」

だから安心しろ、そう言われた気がした。

赤羽根のご近所チェックはそれから小一時間ほど続いた。ぶらぶら歩いては、気になる住居を見つけると、手早くメモをとる。内容を覗き見ても、片貝には読み解けない。紙面にはミミズがのたくったようなものが這っているだけだった。

「何かを調べているのか?」

「念のためだが、ウェアウルフが住んでいる可能性がある家をチェックしている」

「けっこうメモを取っている気がするんだけど」

「この近辺には隠れて住んでいるウェアウルフが多い。ここは都心からもアクセスがよく、駅からは離れていて、家賃は手頃。そして近くに彼らのネットワークがある。そこから仕事を斡旋されているものも何人かいるはずだ」

「仕事っていうのは?」

「表の仕事は飲食店が多い」

裏の仕事もあるのか? とは聞かなかった。これから何度もかようであろう場所の怖い話はわざわざ聞きたくない。

「心配しなくても、自分の縄張り内で悪さをするような馬鹿はいないさ。彼らは例えば都心や、ときに海外に出向いていって」

「ストップ、危ない話は聞きたくない」

片貝が止めると、彼が不思議そうにする。

「案外保守的なところもあるんだな」

「案外もなにも、俺は保守的だ」

ふうん、と赤羽根が意味ありげに目を眇めた。

「君は自分が思っているほど保守的ではないと思うな」

「そんなこと……」

「この先にあるイタリアンが、火曜日と水曜だけ限定20食の特別ランチを提供している」

彼はあからさまに話を逸らした。

「手打ちのウンブリケッリがあるらしい。その上に黒トリュフを、こちらがストップをかけるまで削ってのせてくれる」

「ウンブリ……？」

聞き覚えのない横文字単語に、片貝は眉を寄せる。

「要するに、イタリアのうどんみたいなものだ。嫌いじゃなければそこに行かないか？」

「その店には何かあるのか？　その例えば、ネットワーク組織の一員とか」

「いや、おそらく普通の人間が経営していると思うが？」

赤羽根は質問の意図がわからないとばかりに、きょとんとしている。片貝はなんとなく脱力しながら、そこでいいと頷いた。

ランチタイムのイタリアンは女性客で溢れていた。南イタリアをイメージしたらしい、レンガ造りの内装と、アンティークふうのテーブル。日差しが差し込む明るい店内で、居心地悪くもぞついている片貝の正面に腰掛けてる赤羽根は、相変わらず堂々としている。

ウンブリケッリは最後の一食だけ残っていた。

「ではそれと、コンキリエのミートソースはどうかな」

「コンキリエ？　よくわからないけど、ミートソースは好きだよ」

「ショートパスタが嫌いでなければ、俺はこれがいい」

「だったらそれを頼もう。あとはパテをひとつ」

「あと、シェア用に皿ももらってもいいかな？」

「かしこまりました」

ではそれでお願いしますと、赤羽根は店員に、丁寧な口調で頼む。軽く上目遣いで長い指をひらめかす仕草に、若い女性店員は、ぽうっとした様子で、かしこまりましたと答えて、ふらふら去っていった。片貝は、正確なオーダーが通るかどうか不安になった。

「コンキリエは貝殻という意味で、二枚貝の片方のような形をしている」

赤羽根は片貝にパスタの種類を説明したあと、どことなく人の悪い表情を浮かべた。

「君を食べているみたいでいいだろう？」

「……俺は共食い？」

　含みをもたせるような物言いに、片貝は気付かないふりをして目を逸らした。すると、こちらを眺めつつ、ひそひそと会話をしている隣席の女性客と、ばっちり目が合ってしまった。彼女たちは動揺した様子もなく、片貝に微笑みかけたあと、互いに目配《めくば》せをしあっている。女性客だらけの店に男二人なので、陰口でもたたかれているのだろうかと、どきまぎしたが、彼女たちは再び片貝を見ると、何故か手をふってきた。まさか、顔見知り？　と思ったが記憶にない。片貝がどうしていいかわからず会釈《えしゃく》をすると、彼女たちはくすぐったそうに笑った。

「なんだ、人気者だな」

　赤羽根が頬杖《ほおづえ》をついてぼやいた。恐らく彼女たちとのやりとりのことを指しているのだろう。洒落た店内を背景にして、少し姿勢を崩した赤羽根は、雑誌のグラビアのようだった。

「多分、彼女たち、あなたを見てたんじゃないかな」

　そういえば、シェルターのスタッフも感心していたな、と思い出す。どうやら赤羽根という男は、相当に印象深いハンサムのようだった。頭身が高くて、映画や雑誌にいそうな目立つ容姿をしているから、片貝にも、赤羽根は人間としては格好の良い方なのだろうという認識はあるが、あまり人間の顔面の美醜《びしゅう》の判別がつかないので実感としてはよくわからない。犬のように輝く目や、柔らかそうな髪の質感、すっと通った鼻筋などは、確かに美しいと思う。だが、それは赤羽根が犬化したら格好いいだろうなと思うようなもので、やはりいまいちピンとはこない。ピンとはこないが、どこに行っても、こんなにも愛想がなくても、容姿だけで女性の心を奪っているのだから、つまりそういうことだ。

「お待たせしました」

やがて料理が運ばれてくる。太めの白いパスタの上に、スライスされた黒いトリュフが舞い降りる。食欲をそそるきのこの香り。急に腹が空いたような気分になり、身を乗りだして皿を覗いていると、赤羽根が含み笑いをした。

「ストップ」

「あ、悪い」

「いや、こっちだよ」

店員に目配せすると、彼女は頬を染めながら去っていった。どうやらトリュフの量のことだったようだ。いたたまれなくて、店員よりも頬を赤くしている片貝に、赤羽根の笑みが深まった。

「君はほんとうに可愛い」

「馬鹿にしているのか」

「いいや、事実だよ。うねる豊かな黒髪に、真珠のような頬、華奢《きゃしゃ》な鼻筋と珊瑚《さんご》のようなくちびる……照れるとチークを差したように赤くなる」

「おい」

「適当に取り分けるがいいか？」

トングを持つ手もスマートな男が小首をかしげて片貝を見ている。自分の容姿の良さを充分に活用している仕草だ。片貝は反論は諦めて、背もたれに半身を預けた。

「……いいよ」

赤羽根は短く息を吐くように笑うと、白い皿に手早く取り分けて片貝に渡してくれた。料理雑誌にでも出せそうなほど綺麗な盛り付けだ。

「あなたは何でも器用そうだ」

「そうかな？　今度試してみるか？」

「何を？」

それには答えず、赤羽根は笑みを作ったままの口に、貝殻のかたちのパスタを運ぶ。見せつけるようにそれに舌を絡めて咀嚼《そしゃく》したあと、唇についたソースを舐め取って、にやりとする。それは、どきりとするほど野蛮な仕草で、まともに見た片貝は思わずあてられた。

食後のデザートまでしっかり頂いて、片貝たちは店を出た。

そこから駅のほうに進み、美術館の常設展を覗く。国内の美術展に有名な作家の名がのぼるたびに混雑状況がニュースで流れるから、人混みの苦手な片貝は、今まで避けていた。だが、客もまばらな美術館の、静かな雰囲気と澄んだ空気は片貝の感性によく馴染んだ。

絵画の迫力は印刷で表現できないらしい。筆の流れひとつひとつに圧倒される。ぽかんと口を開けて作品を眺めている片貝とは違い、赤羽根は多少芸術に関する知識があるらしく、有名どころの作品の前に立つと軽く身をかがませて、片貝に、ぼそぼそとその絵の蘊《うん》蓄《ちく》を耳打ちしてくれた。

彼の声はいつも低く、どこかけだるげだが、声を潜めると更に掠《かす》れて、腰骨に響く。片貝はそれがくすぐったくてたまらなかったが、正直に伝えれば、確実にからかわれるのがわかっていたので我慢した。

だいたい、周囲の地理を把握するのに、美術品の鑑賞は必要ないではないか。気がついたら彼のペースだ。赤羽根が、どこまでが本気なのかわからない。そもそも、これでは、まるっきりデートじゃないか。

思わずそんなことを考えて、片貝はひそかに動揺した。

美術館を出た後は、赤羽根が買ってくれたペットボトルをぶらさげて、公園を横切って倉庫街の方角を目指した。あたりには、平日の午後でもそれなりに人がいて、青い芝生《しばふ》のうえを弾丸のように駆けまわる犬たちとすれ違う。日差しのもと、全身で喜びを表現する彼らの毛並みは輝くようだ。シェルターの犬の世話はしているが、だいたいは飼い主に恵まれなかったものたちだ。ここにいる犬は、片貝には眩しすぎて、後ろめたいような気分にすらさせられる。

公園を抜け、灰色の倉庫群を右手に従えながら進むと、やがて空港が見えてくる。そこは主に軍の輸送や政府関係者が使用する小規模な空港らしい。旅客機がひんぱんに発着するそれとは雰囲気が違い、警備も厳重で近寄りがたい。

片貝たちは空港から少し離れた場所にあるベンチに腰かけ、柵の向こうで、せわしなく働く人々を眺めた。しばらくすると片貝は飽きて、かわりにミネラルウォーターのボトルの形状を眺めることにした。冬期モデルのそれは、すりガラスのような表面に、つるりとした雪の結晶模様が浮かんでいて綺麗だ。赤羽根はあんがい可愛いチョイスをするな、と片貝は思う。

「なんでここに来たんだ？」

「空港があるらしいから」

片貝の質問に、赤羽根は、わかりきった返事をした。

「空港に来たんだからそれはわかっているよ」

冗談かと思って軽く笑う。赤羽根もまた、つられたように口の端を釣り上げながら、片貝をちらりと見た。

「飛行場が好きなんだ。離着陸する航空機が、どこから来たのだろうとか、どこに飛んでゆくのだろうと想像しながら眺めていると、なんとなく落ち着くだろう？」

「いや、俺にはわからない感覚かな」

案外地味な趣味だな、と片貝は思った。

「でも、まあ、飛行機って、かっこいいよな。俺も小さいころプラモデルを作ったことがある」

「君でもメカに興味を持っていた時代があるのか」

「失礼だな。俺だって本当は、いい車とか欲しいさ、あなたが乗っているような」

「俺はもっとクラッシックな型の車が好きだが、仕事で使うものだから燃費がいいほうが都合が良くてね」

さらりと告げる言葉に余裕が感じられて、片貝は羨ましくなった。マイペースで強引で、性格には難ありだが、顔が良くて、きっと頭も収入も良いのだろう。

「あなたが羨ましいよ」

「何故？」

「ハンサムでスタイルがよくて、女の子にちやほやされて。何でも持っている」

「そんなことはないさ」

彼は眦《まなじり》をやわらげて、静かに口をひらく。

「例えば、俺のことをハンサムだと褒めた女性が、俺がウェアウルフだと知っても、同じように褒めると思うか？」

　決して責めるような口調ではなかったが、片貝は、はっとした。赤羽根が、あまりにも自然にふるまうから、彼が人間ではないことをすっかり忘れてしまっていた。

　彼はミネラルウォーターで口を湿らせながら、ぽつり、ぽつりと語りはじめた。

「俺は孤児だった。ゴミ箱に捨てられていたと聞く。最初は人間の施設に入ったらしいが、幼いころは力の制御がままならないから、些細なことで犬に変身してしまって、ウェアウルフだとばれてしまったらしい。幸いそこを放り出される前に、俺たちの種族に友好的な人間の団体に保護されて、俺は人間の夫婦の養子になった。裕福な家庭だったから、ウェアウルフにしてはラッキーな方だ。それでも、どこに行っても、俺がウェアウルフだと知られれば、陰口を叩かれ、仲間はずれにされた。義父が亡くなり、義母の実家に住んだ期間は最悪だった。閉鎖的な土地で、俺は悪魔みたいに忌み嫌われた。そのせいもあったのか、育ての母も早逝《そうせい》した。今の俺がこうやって、普通に過ごしていられるのは、ただ俺が正体を隠し、弱みを見せないせいだ。羨むことじゃない」

「……そうか」

　片貝は先ほどの発言を後悔した。ウェアウルフへの偏見が激しいこの社会で、彼が生きていくのは簡単ではなかったはずだ。想像力が足りなかった。だからといって、謝るのもおかしな気がして、片貝は黙り込んだ。

赤羽根はそんな彼を慰めるように付け足した。

「まあ、俺は生まれながらに有能だったから、確かにそれほど苦労はしていない。ウェアウルフとしての能力も、うまく使えば役に立つ。俺をいじめた連中にはきっちり仕返しもしてやった」

ごう、と頭上に音が響く。見上げれば小型の輸送機が着陸するところだった。

赤羽根はそれを眩しそうに見ていた。どこか清々しい横顔でもあった。光を受けると彼の髪に、かすかな蜂蜜色が交じる。アンバーの目と、日焼けした肌もあいまって、片貝には、彼が金色に輝いているように見えた。そしてその背後には、果てのない空が広がっている。

空というものは、こんなに綺麗な色をしていただろうか。隣の男はこんなにゴージャスだっただろうか。片貝は、今初めて世界の色を知ったような気分になって、しばらく呆然と、隣の男の横顔を見ていた。

「あなたはすごいな」

「何を今更」

「そうやって、自分ととまっすぐ向き合う勇気がある」

後ろめたい秘密を隠すためだけに、人生を選択してきた自分とは違う。軽々とやってみせている裏では、偏見をぶつける相手に負けないように、片貝には想像もできないような努力もしてきたのだろう。

片貝の言葉に、彼は頬をゆるめる。

「俺は格好つけたいだけだ。孤独な男はそそるだろう？」

「なんだよそれ。まあ確かにあなたは格好いいよ」

赤羽根は、ふと慎重な様子で顎を引いた。

「君だから話したんだ。俺の勝手で振り回してばかりだから、少しは誠意を見せて君の信用を得たかったからな。俺は、誰にでも過去を教えられるほどは、居直っていない」

「へえ、ふりまわしている自覚はあったんだ」

「まあ、一応は」

片貝は微笑んだ。自分も彼に個人的なことを打ち明けて、知ってほしいと思った。

「俺は、あなたの信用に足る人間ではないよ。ウェアウルフにも、偏見を持っていた」

「そうか」

「今は自分を恥ずかしいと思う」

「俺は君のそういう素直なところが好ましい」

「実は、昔犬を飼ったことがある」

「ほら、俺の読みは当たっていたってことだ」

赤羽根が嬉しそうに口角を上げる。

「でもこれはけっこう、誰にでもばれているんじゃないかと思う。俺は嘘が得意ではないし。だからわざと犬はあまり好きじゃないって言うんだ。何でだと思う？」

「またプロファイリングか？　そうだな。小さな嘘に注意をひきつけて、大きな嘘を隠すか、それとも触れられたくない話題があるのか？」

「どちらもそれなりに当たっているよ」

だからって大事な秘密を、わざわざさらけ出す必要はない、と、心のブレーキが片貝に忠告してくる。けれどその声を無視した。赤羽根は、なりゆきとはいえ、自分がウェアウルフであると片貝に教えてくれた。不遇《ふぐう》な子ども時代の話も打ち明けてくれた。これで自分だけが口を閉ざすのは、フェアではない気がしたのだ。

「嘘をついていたのは、俺がその犬のことを、愛していたからだ」

「話題にされると辛いから？」

赤羽根がめずらしく空気を読んだように、口調を和らげる。片貝はかぶりをふった。

「いなくなった犬だから、思い出すのはもちろん辛い。けれど、一番の理由は……俺が犬に対して抱いていた愛情が、愛犬に対するそれはなく、恋愛感情だったってことだ」

ふうっと、片貝は息を吐いた。短い告白だったが、急に胸の奥から、重い何かが抜けたように感じた。

「俺は今まで、人間に恋をしたことがない。その姿を思い出すだけで胸が締めつけられて、一緒にいてドキドキする。そういう相手はその犬だけだ」

「そうなのか」

　赤羽根の反応は冷静なものだった。驚いた様子はないし、過度に興味を持つ様子も、嫌悪も浮かべなかった。

「その犬が羨ましいな」

「もうそういった冗談はやめるんじゃなかったのか？」

「冗談はやめたよ」

　彼はゆるくかぶりをふり、それから片貝のほうに、軽く身を乗り出してきた。

「ウェアウルフはどうかな？」

　片貝はくすくす笑った。本気にはとらなかった。

「またそういうことを……だから冗談は……」

　おもむろに、ぐっと顔を近づけられて、片貝は言葉を飲み込んだ。

「君は優しすぎて、心配だ」

　ぽつりと零した。次の瞬間、片貝の視界に黒いコートが翻り、気がつけば赤羽根は立ち上がっていた。

「もう行くのか？」

「そうだな、もう少し見ていたい気もするが、もう少し歩きたくもある」

「俺はどっちでもいいけど」

片貝もベンチから腰をあげて、彼の横に並ぶ。本音を言えば、寒くなってきていた。不自然でない程度に、赤羽根のほうに寄ったつもりなのに、彼はすぐに気がついたらしい。

「そうだ、君にマフラーを買おう。首が細いから寒々しい」

「え、いいよ」

「首を暖かくすると、それだけでも随分違うものだ。犬だって冬は首周りがもこもこしているだろう?」

さっさと決めて歩きはじめた彼のあとを、片貝は慌ててついていった。

「そうしたらまた一緒にここに来てくれるか?」

ふと、彼が片貝に問う。

「……別に俺が拒否しても、あなたは俺を無理やり連れてくるだろう?」

恥ずかしくてはぐらかした片貝に、彼は目元をやわらげて、何も答えることはなかった。

電車で都心部に向かい、赤羽根が片貝に選んだのは、淡いグレーのマフラーだった。温かみのある色で、かすかな光沢がある。暗い色ばかりの量産品を着がちな片貝の服に、それを合わせると、急に全てが良いものに見えた。表情すら明るくなった気がして、片貝は魔法にでもかけられた気分だった。

赤羽根はそれをプレゼントすると言ったけれど、片貝は断った。確かにマフラーの値段にしては躊躇する数のゼロが並んでいたが、出せなくはない。それに片貝もこれが気に入って、ひんぱんに付けたいから、貰い物だと気を遣うのが嫌だったのだ。

当然のように路面店に入る赤羽根に半分連行される形で、おどおどと入店した片貝だったが、店を出るときは少し胸を張って出ていけた。

「良く似合っているよ」

数本を試着させて、すぐにこれがいいと決めた赤羽根は、センスがあるのだろう。ついでに、と彼が自分用に購入したのは、片貝のものと同じラインの、鮮やかなブルーの一本だった。これも首から垂らしてみれば、派手ということもなく、上品にまとまっていた。

「一つでもいい物を持っていれば、自分の価値があがる気がするだろう？」

高級店が並ぶ通りを颯爽と歩きながら、彼が片貝に、あまりに自然なウィンクをする。

「うん、そうかもしれない」

負けたような気がして悔しいが、赤羽根の言う通りだと思った。

「でも、あなたほどの自信家になるのには時間がかかりそうだ」

「そうでもない。要は慣れだ」

「慣れ？」

赤羽根は頷く。

「俺だって、子どものころは、卑屈でおどおどしていた。それじゃナメられていじめがひどくなると気づいたから、他人の目を気にするのはやめた」

「人を食ったような態度も努力のたまものかな」

「君のその皮肉屋なところは、才能があるよ」

「何の才能だよ」

「人は変われるということだ」

あまり回答になってないことを口にする。

「何はなくとも、とりあえず堂々としていれば、他人は自然と、そういったふうに扱ってくれる。それに慣れたらいい」

「そういうものかな」

「思い込むことも大事だ。ハリウッドのセレブリティみたいにね……ああ、ここだ」

赤羽根は片貝の肩をぽんと叩いて、道沿いにあった店の扉を開けた。

「夕食はここで予約をとっている」

現れた店内に、片貝は目を剥《む》いた。

そこには映画のセットのような世界が広がっていた。吹き抜けの天井、巨大な絵画、大理石の床は顔がうつりこむほど磨き上げられている。墓石みたいに重厚なレセプションで赤羽根が名前を告げると、黒い燕尾服《えんびふく》を着た店員に席まで案内された。頭上には落ちてきたら確実に死にそうなクリスタル・シャンデリア。それぞれのテーブルには純白のリネンがかけられ、赤い薔薇《ばら》が飾られている。

「何をするところなんだここは」

初めて外を見た地底人のように、片貝は隣の男に耳打ちをした。

「食事をするところだよ」

赤羽根は、悪戯《いたずら》が成功した子どもみたいな顔をしていた。

「ほら、背をのばして、堂々としているんだ」

彼は片貝の背中を押して、まるで淑女をエスコートするように椅子に導く。店員が慣れた様子で椅子を引き、片貝は何が何だかわからないまま、すとんと腰を落ち着けた。

「騙したな。あんなキラキラした店に連れていかれるなんて聞いてない」

店を出て、飲み慣れない赤ワインで酔った頭で、片貝は赤羽根に抗議した。

「そこまで格式ばった場所じゃなかっただろう。ドレスコードも無い」

「俺には未知の領域だった」

「たまにはいいだろう？　ああいったところも」

相変わらず、あまり会話は噛み合わない。

確かに、貴重な体験ではあった。客層は、品の良さそうな中高年の男女の二人組が多かった。明らかに自分は場違いだと思ったが、片貝たちに気を払うものは誰もいなかった。

「まあ、ごちそうさま。緊張しすぎて味は良くわからなかったけど」

「その割には良く食べていたじゃないか」

喉で転がすように赤羽根が笑う。彼の背後に綺麗な星空が広がっていた。


酔い醒ましと腹ごなしにと、二人でひと駅分歩くことにした。

「なあ、直人、あの家にはどんな人が住んでいると思う?」

体を動かしたことで、さらにアルコールが全身をまわった片貝は、赤羽根の腕にからみつきながら彼を下の名で呼んだ。

「四人家族だな、長女は高校生で、長男はおそらく今年中学に上がったばかりだ。サッカー部に所属している。あそこが部屋。サッカー選手のポスターが貼ってある。父親の稼ぎは悪くなさそうだ。家にはあまり帰ってこない。金はきちんと入れている。不倫をしている可能性ありだ。おそらく水商売の女性か、わきまえているタイプの接客のプロ。一家団欒《だんらん》用の車はずいぶん前に買い替えたもののあまり使われていない。母親のほうは少し、だらしがないようだ。あの窓から洗濯物が見えるだろう?」

「さすがだな」

「適当なことを言っているかもしれないぞ」

「でも、それっぽい家だ」

片貝はぼうっと、通り過ぎる家を眺めた。自分の実家に、どことなく雰囲気が似ていた。母は完璧主義者のきらいがあったため、家の中は常に整頓されていたが、片貝が自らの性的指向を自覚して、両親から距離をとりはじめたころから、家の周囲にも、いびつなほころびのようなものが現れていたように思う。

ワンブロック過ぎたところで、別の家が気になった。片貝は赤羽根のマフラーの端をひっぱって指差した。

「あの家は？」

「あれは空き家だ」

売物件の看板が出ているだろう、と彼はそれを差ししめした。

「随分前から売り出し中だ、しかしこれでは買い手がつかないだろうな」

その物件は荒れ放題だった。人の胸ほどの高さにまで雑草が茂っており、屋根は破れ、窓は割られている。剪定《せんてい》されないままの木の枝は二階の家の壁を突き破らんばかりに接近していた。

「この家にはどんな住人が住んでいたと思う？」

片貝が尋ねると赤羽根はため息をついた。そろそろ飽きてきたのだろう。

「さあな、売りに出しているということは所有権者が生きているが、家の手入れができないのだろうな。海外に居住していて状況を知らないのかもしれない。資金不足でリフォームもできずに放置している可能性もある。もしくは辛い思い出があって触れたくないのか」

「こんなになるまで？」

「家というものは人が住まなくなると、あっというまに駄目になるものだ」

赤羽根は何かを思い出すように遠い目をした。

「養母の実家も、今は廃墟《はいきょ》のようだと聞く。俺が住んでいたことで売り手がつかなかったんだと、彼女の血縁者に責められた。ああ、もしかしたら、この家も、ウェアウルフと関係があったのかもしれないな。狼男というのは昔から不吉の象徴だった。人間は、その気配の残る家には住みたがらない」

「それはあなたのせいじゃないだろう？」

納得がいかずに片貝が言えば、赤羽根はふと片貝を見下ろした。夜闇に彼の目が、微かに光を放っている。満月が近いのかもしれない。ウェアウルフは満月の夜、強制的に獣の姿に変わってしまうのだと聞く。

彼の人ならざるものの気配に、片貝は恐怖を覚えるよりも、むしろ惹きつけられていた。アルコールで緩んだ脳が、それを素直に認めてくる。綺麗だな、と、思った。口に出していたのかもしれない。

せつな、彼の顔が近づいてきて、片貝は唇に、柔らかなものが触れるのを感じた。

「行こう。体が冷えてしまうだろう?」

何だろうと思うよりも早く、赤羽根は彼から離れた。

「うん」

無意識に自分の口に触れながら、片貝は何故、と思った。

けれど聞き出す勇気はなかった。

片貝が追いつくのを待っているのか、彼はゆっくり歩いている。長いコートからこぼれた、青いマフラーの先が、尻尾のように揺れていた。アスファルトは月の光を反射して、銀色に輝いている。

まるで光の道のようだ。片貝は思う。夢のように砕けた光が、足元を照らしている。片貝はそれを踏みしめて、踏みしめて、赤羽根のもとに駆け出した。

「久しぶり」

休日の昼、片貝がシェルターに赴くと、ちょうど武田も来ていた。片貝に気付き、手を振る武田の姿を、つい先日まで同じ職場にいたはずなのに懐かしく思う。

「それで、最近どう? 新しい職場ではうまくやってる?」

二人で犬舎のなかに入り、尻尾をちぎれんばかりにふっている犬たちの相手をする。

「順調だよ。いつもと違う環境には、まだ慣れないけれど……思ったよりも小さいオフィスで、アットホームな感じは俺に合っているかも。そんなに忙しくもないし」

片貝は、無難な返事を選びながら答えた。まだ若い大型犬が片貝の膝に前足を乗せ、鼻を押し付けて邪魔をしてくる。駄目だと言っても尻尾をふって吠えるばかりだ。片貝は犬に心を許してもらえるぶん舐められがちで、躾には向いてなかった。それに関しては武田のほうが数段上手だ。彼は人には懐っこいのに、それが犬になると、相手を服従させる何かが出るらしく、若い犬ですら敬意をしめすように頭を下げて、大型の犬も彼が手を伸ばせばごろりと腹を向ける。片貝を邪魔してくる犬たちも、武田が注意をすると、しゅんとしておとなしくなった。複数のリードを携《たずさ》え、犬とともに立っている彼はまるで群のボスのようだ。

「上手くやっているなら良かった」

ほっとしたような武田の笑顔に、しみじみ彼はいいやつだと思う。最近一緒にいる男は、性質は悪いわけではないようだが、かなり癖が強いものだから。

散歩のコースは、近所の公園沿いを一周だ。そこは公園という名がついているものの、災害等の有事に政府が必要物資を置くための国有地だ。遊具などは置かれておらず、だだっぴろい空き地のような場所を、犬とともに歩いているあいだ、片貝は武田と話をした。

新しくできたラーメン屋や、最近のテレビ番組、それぞれの職場について。

「そういえばこの間会ったあの男……あの俳優みたいな彼、元気？」

赤羽根のことを話題に出されて、片貝は内心ぎくりとした。

「ああ？　元気だと思うよ。この間も会ったし」

「ふうん」

武田は自分から話をふったのに、何故だか気がなさそうだ。しばらく黙って犬たちを眺めたあと、ふと口を開く。

「あの彼、ちょっと変わってるよね。なんか変じゃない？」

「変、って？」

どきどきしながら片貝は返す。

「気分屋で、とっつきの悪いところはあるけれど、昔からあんな感じだし、いいやつだと思っているよ」

ちょっと弁護しすぎたかなと思ったが、片貝の反論に、武田は慌てたように笑顔を作った。

「いや、ごめん、悪い意味じゃないんだ。君の友達なんだから」

取《と》り繕《つくろ》ってくるが、彼が赤羽根を良く思っていないのは、初対面から察している。営業職の観察眼で、片貝にはわからない何かを嗅ぎつけているのかもしれない。

「そう思ってくれてるならいいけど」

それでも片貝は、赤羽根を悪く言われたくなかった。

不機嫌になった片貝を察した武田は、それ以上赤羽根の話題には触れてこなかった。

別れぎわ、またな、と手をふる彼に、片貝はあいまいな笑顔で手をふりかえしてから、やっと少しだけ、申し訳なくなった。武田は、あやしげな男とつるんでいる自分を心配して、赤羽根の話を振ったのかもしれないのに。

武田のほうが親切で付き合いも長いのに、赤羽根のほうに味方をしてしまうのは何故なのだろう。


あれから毎日、事務所に行っているけれど、赤羽根との仕事は思った以上にのんびりしていた。

基本の業務は初日と同様。二人で周辺を歩きまわり、犬になりすましたウェアウルフを捜し、地図を広げて対策をたてる。赤羽根が、捜索のヒントになりそうな何点かの毛をどこからか持ってきてからは、科学捜査官めいた気分で、車の下や路地裏などから抜け毛を採取する作業も加わったが、基本は散歩に毛が生えた程度だ。勤務時間は九時から五時。残業ナシの完全週休二日制。

そのせいか、片貝の知る限り、めぼしい進展はない。赤羽根も、捜索を急ぐようなことを言っていた割に焦った様子がない。多分、赤羽根が単独で捜している間に手がかりが得られているのだろうと、片貝は踏んでいる。だとしたら、自分はずいぶん役立たずだ。

赤羽根が留守のあいだは、片貝は外出を禁じられている。電話番も書類仕事も必要ないとなると、事務所にいる間の片貝は、地図を眺めたり迷い犬情報をネットで調べる程度の仕事しか残されておらず、終業時間前には、ぼんやり時計を眺めることしかすることが無くなってしまう。

拷問《ごうもん》のように暇な片貝に比べ、赤羽根は、いつ眠っているのかわからないくらいに働いている気配があった。夜遅くまで調べ物でもしていたのか、事務所のソファで寝落ちしているのをよく見かける。俺も手伝う、と申し出たこともあるが、やんわり断られた。おそらく片貝では力不足なのだろう。

暇だと片貝は、余計なことを考えてしまう。あの夜のキスは、その後赤羽根が話題にすることもなく、片貝が理由を尋ねることもないままだった。ただ相変わらず赤羽根は彼が帰るときは送ってくれる。事務所にいる日はランチも一緒だ。片貝がシェルターに行くときも、赤羽根は外で待っていた。

最初はいちいち断っていた片貝も、次第に赤羽根の干渉に慣れつつあった。彼はどちらかといえば静かな男で、話す声も耳触りがいい。遠慮のない性格だから、こちらも気を遣う必要がなかった。片貝にとって、彼は一緒にいて楽な男だ。食事をともにするのも楽しい。帰り道も、車で連れて帰ってもらえる便利さに慣れてしまうと、迷惑とも思えなくなった。赤羽根は、片貝に対して過保護に接し、何ひとつ面倒くさそうな態度をとらない。

むしろ好きでやっている態度でいてくれる。

　赤羽根が彼の送り迎えを欠かしたのは、満月の夜だけだった。久々に一人で歩く夜道は寂しく、いつも赤羽根が歩く車道側の体半分は、すうすうと寒々しかった。

　翌朝、やけに疲れた顔でおはようと言った彼に、片貝はどうしてだか、理不尽なことを、めちゃくちゃに訴えたい衝動にかられた。

　満月の夜、強制的に狼に姿が変わってしまうのは、どういう気分なのかは片貝にはわからない。自分の体が急激に別のものになるのは、恐ろしいことだと思う。骨格から変わるのだからエネルギーも使うだろう。すごく痛いのかもしれない。格好つけたがりの赤羽根が、疲れた姿を取り繕うこともできない程度には大変なはずだ。

　そんなに大変なときに限って自分から遠ざけるだなんて。どうして俺に助けを求めてくれないんだとか、たまには格好悪いところを見せてみろとか、そういったことを訴えたかった。一人で勝手にむしゃくしゃしている片貝に、赤羽根がやたら猫なで声で機嫌をとるように接してくるから、余計に腹が立って冷たくしてしまい、その後最高に落ち込んだ。

　そんなふうに、赤羽根が隣にいることが当たり前になりつつあるころだった。

　片貝がそろそろ帰る準備をするかと思っていると、スマートフォンが震えた。着信相手は武田だった。通話を押すと彼は珍しく、挨拶もそこそこに、不安そうな様子で問いかけてきた。

『お前、変な奴にストーカーとか、されてないか？』

「え？　ないよ」

　全く覚えのないことに、片貝は眉を寄せた。

「なんで？」

『それがさ』

　通話口の先で、武田が言いにくそうにしている。

『今日、変な男に話しかけられたんだ。そいつ、お前について、あれこれ尋ねてきたんだよ。スーツを着ていたから、最初は仕事先の知り合いかなのかと思って、つい出向だって言っちゃったんだ……後で考えてみれば、お前内勤だし、社外にそんなに親しい知り合いとかいないよな、って気付いてさ、俺やばい相手にお前の個人情報喋っちゃったかも』

「そうだね……いや、でも、平気だよ」

　片貝はちらりと赤羽根を見た。その根掘り葉掘り聞いてきたのは彼ではないかと一瞬疑ったが、考えてみれば彼は武田と会っているから顔がわかるはずだった。

「気持ちは悪いけど、全然心当たりがないし、こっちはいつも通り」

『そうなのか。変なことがないならいいけど、そいつ、なんだか切羽《せっぱ》詰《つま》った感じだったから、気をつけてな。どこに出向とまでは言ってないけど、他にも、お前について、つい色々教えちまったんだ。ごめんな』

「いや、いいよ。俺だって同じことしそうだ」

見ず知らずの相手にあまり軽々しく教えないでほしいと内心思ったものの、仕方ないかとため息をついた。武田はいかにも口が軽そうだ。

『おかしなことがあったらすぐ俺に言えよ。俺にできることは何でもするから』

「大丈夫だよ、でも気をつける。ありがとう」

武田はずいぶん気に病んでいるらしく、何度も謝ったあと、通話を切った。


「何かあったのか？」

すぐに赤羽根が尋ねてきた。さきほどまでソファでだらだらとしていたのに、いつのまにか緊張した面持ちで背をのばしている。

「別に、たいしたことじゃないんだけど……」

ここで誤魔化したところで口を割らされそうな雰囲気を察して、片貝は気が進まないながら説明した。

「職場の知り合いに、俺のことを色々尋ねてきたあやしい男がいたんだって。だから心配になって電話してきたらしいんだけど」

「どんな男なんだ？　特徴は？」

赤羽根の顔が険しくなる。

「いや、そこまで詳しくは聞いてない。スーツを着たサラリーマンぽい男らしいけど」

「それだけか。そのあやしい男が接触してきてもわからないじゃないか」

使えないな、とばかりの口調に、片貝はカチンときた。

「大丈夫だ。不気味だとは思うけど、誰かにつけまわされるような覚えはないし」

「今日はホテルにでも泊まったほうがいい」

赤羽根は片貝の話を聞いていない様子で、立ち上がって準備しろとせきたてる。

「宿代がもったいないだろう」

「経費で落とすから大丈夫だ」

「あなたの金じゃないか」

「俺は稼いでいるから大丈夫だ」

「急に言われても困るよ。明日の着替えもあるし……」

「じゃあ一度、君の家にも寄ってやるから」

「過保護すぎる」

「何かあってからでは遅い」

渋る片貝に、赤羽根は真顔で告げた。

「犯罪の犠牲者というのは、皆、自分だけはそんな不幸な目には遭わないと思っている。

そういう隙が悲劇を生むものだ」

「そんな、大げさな」

「大げさだと思うか？　俺はそういう連中を何度も目にしている」

口調は決して激しくはなかったが、後悔のにじむ声だった。

「ごめん」

彼の気迫に、思わず片貝は謝った。もしかしたら、彼は自分が思うよりもずっと辛い経験をしてきたのかもしれない。本音を言えば、やはり過保護だと思うが、あまり拒絶したら彼のトラウマを刺激して、逆上《ぎゃくじょう》させてしまうかもしれない。

「そうだよな。用心するに越したことはないもんな」

「わかってくれてありがたいよ」

駅前のビジネスホテルを押さえておくよ。あそこは昔、いいホテルだったから警備がしっかりしている。そう言って受話器をとる。

「私立探偵っていうのは結構ハードなんだな」

「……そうだな」

一瞬、不自然に間が空いたことを、そのときの片貝は、特に気に留めなかった。

たそがれどきの光に染まる古いアパートは、しんしんと不気味に感じられた。毎日帰ってきている建物のはずなのに、今日は何故か、足を踏み入れるのに躊躇する。

赤羽根がやたら脅《おど》すせいだと、片貝は内心で彼に八つ当たりをした。

「怖いならこのままホテルに向かおうか？」

「怖いなんて言ってないだろう？」

売り言葉に買い言葉で、片貝は勢いよく車のドアを開けた。

「部屋まで行こうか？」

一緒に降りてきた赤羽根の申し出に、片貝はかぶりをふった。

「いい。散らかっているし」

燃えないゴミを出し忘れていたことを思い出したのだ。洗濯物もたまっている。

「じゃあ、待っているから」

彼もそれ以上は干渉してこないつもりらしく、車にもたれかかった。ここにいるというポーズだろう。些細なそのサインが、片貝は嬉しかった。


部屋に入ったとき、片貝は、何が起こったのかわからなかった。

片付いてはいないとは記憶していたが、ここまで散らかっていただろうか。

照明をつけなくても、部屋中の家具が倒れて、クローゼットの中身が全て床に散乱しているのがわかる。

「……なんだよ、これ。地震でもあったのか？」

ひとりごちながら、廊下を進み、リビングに足を踏みいれる。先日もらったチョコの箱が踏み潰され、入り口付近に、出し忘れたゴミの袋がちぎられて中身がばらまかれていた。明らかに、これは片貝が散らかしたものではない。

ぞっとして、片貝は踵《きびす》を返した。

「赤……」

思わずその名を呼ぼうとしたとき、背中に大きな衝撃を受けてバランスを崩した。

気がつけば、片貝は床に這いつくばっていた。呼吸が苦しく、立ち上がろうとするのに身動きがとれない。何故だ、と疑問に思い、すぐに、これは何か重いものが自分の背中に乗っているせいだと気付いた。

本棚でも倒れたのだろうか。可能性の低い想像をしたとき、首筋に生温かい息を感じた。

「犬の居場所はどこだ？」

「な、なに？」

その声はしゃがれていて、聞き取りにくかった。振り返ろうとすると、低い唸り声と同時に、きつい獣のにおいがした。

「お前の連れてきた犬の居場所だ。お前が匿《かくま》っているんだろう？」

「なんのはなし……」

片貝は必死で自分にのしかかるものの正体を確かめようともがいた。

「動くな」

何かが肩を押さえ込んだ。それには鋭い爪と黒っぽい毛が生えている。

思わず、悲鳴を上げそうになった。彼の上にいるのは人間ではない。だが人の言葉を喋っている。そうか、これがウェアウルフか。けれど、何故、俺の部屋に?

「何の話だか、わからない」

「嘘をつくな」

正直に答えているのに、相手は信じなかった。大きく口を開け、牙を見せつけてくる。

「忌々しい人間め。偽善者め」

憎しみの塊《かたまり》のような声を耳にしたとき、急にドン、と鈍い衝撃があり、同時に体が自由になった。慌てて起き上がると、玄関口で黒い塊がもみ合っている。彼らが壁に当たるたびに家が揺れ、片貝は身がすくんで動けなくなった。

おそらく、数秒にも満たない間のできごとだったのだろう。乾いた音が二発響くと、塊の一方が、がくりと力を失い、床に伏した。

「……まさかこんな強硬手段に出るとはな」

低い声は聞き覚えがあるものだ。ぱちりと音がして、照明がつくと、そこに立っていたのは赤羽根だった。先程まで侵入者と乱闘していたと思えないほど落ち着いている。

「なんだよこれ……」

「怪我はないか？」

「何が起こってこんな……」

「しっかりしろ」

床に座り込んでいた片貝は、近づいてきた赤羽根に軽く頬をはたかれ、引っ張り上げるように立ち上がらされた。

「よし、怪我はないな」

赤羽根は、片貝の体を手早くチェックしたあと、彼の服についた埃を払う。

「すまなかった」

「何がだよ」

助けてくれたのは、赤羽根なのに、彼は目を伏せて片貝のほうを見ない。

「とにかくまずは安全な場所に移動しよう」

彼はポケットから、古いモデルの携帯を出した。

「ちょっと待てって、さっきのは」

「麻酔《ますい》銃だ、殺してはいない」

「そうじゃなくて」

「こいつのことか」

赤羽根は無造作に、倒れているものの首根っこを掴んで引き上げた。

「え……」

そこにいたのは、裸の人間だった。それも片貝の知っている顔がついている。

「これ、武田じゃないか」

赤羽根は、そうだ、と頷いた。

「ウェアウルフだったようだ。気づかなかった」

彼の説明は、あまりにも簡潔だった。

やがて通話がつながると、彼は携帯に向かって話しはじめた。

「赤羽根です。対象者の自宅に侵入者がありました。対象者は無事、侵入者は捕獲《ほかく》済み、ウェアウルフです。現場の調査に何人かよこしてもらえますか？」

今までとは違う、きびきびとした口調に、片貝は驚いた。通話を切ると、彼が片貝に向き直る。

「俺はこの男を護送しなければならない。君へも協力を頼んでおく。迎えが来たら、とりあえず俺の家で待っていてくれないか」

「どういうことなんだ」

尋ねると、彼はどこか痛むかのように眉根を寄せた。

「後できちんと説明する。すまない」

すぐに外が騒がしくなり、何人かの男がやってきた。私服のものもいるが、制服のものもいる。警官のようだ。

片貝は、赤羽根が、私立探偵ではないことに、やっと気がついた。

そして自分が関わっているものが、ただの人捜しではないことも。


赤羽根の自宅だと通された部屋の第一印象は、寒々しく広い箱、だった。

白い壁のリビングには、大きなベッドとソファーのセット以外、何も置いていない。本来なら寝室になるべき部屋には、封だけ切られた段ボールが無造作に積み重なっている。中身のほとんどは小難しそうな本だった。かろうじて生活感があるのは、開けっぱなしのクローゼットの中くらいだ。そこもクリーニングの袋がかかったままの服がいくつも吊り下がっているだけときている。

真っ白な壁に唯一とりつけられた真っ白なエアコンの動作音以外、何も聞こえない静かな部屋だ。駅から離れていて、セキュリティが厳重な築浅らしき建物は、まるで舞台装置だ。ここに赤羽根直人の生活は無いのだと、片貝は感じた。もしかしたら、そんなものは、どこにもないのかもしれない。

片貝の知っている、つもりになっていた赤羽根という男は、もしかしたらどこにもいないのかもしれない。そんなことを考えて、ぞっとした。

赤羽根が戻ってきたのは日付が変わった後だった。

疲れで目元を黒ずませて帰ってきた彼に、片貝は容赦《ようしゃ》なく詰め寄った。

「私立探偵なんて嘘だったんだろう？」

「そうだ」

苛立つ片貝を前にして、彼は言い訳すらしなかった。

「人捜しもただの人捜しじゃない。犯罪者を捜していた。君に危険が及ぶかもしれないとは思っていたが、ここまで巻き込むつもりはなかった」

すまなかったと、頭を下げる。そんな謝罪が聞きたいわけじゃないと片貝は思う。片貝が怒っているのは、赤羽根が嘘をついていたことだ。事件に巻き込まれたからではない。

「それで、あなたの正体は何なんだ」

片貝は腕を組んで気持ちを落ち着けようとした。責め立てるよりも先に、赤羽根の正体を知るべきだと思った。

「警官だ。人狼専門の課、つまり、ウェアウルフの起こした事件を専門に扱う課に在籍している。蛇《じゃ》の道《みち》は蛇《へび》ってやつなのか、積極的にウェアウルフを採用してくれる親切なセクションだよ。我々が今追っているのは、とあるシンジケートだ。実働部隊の殆どがウェアウルフである可能性が高いから、俺たちの管轄になった」

「実働部隊？」

「テロリストやヒットマンなどの、実際に事件を起こす連中だ。今年この国を訪れる要人が彼らに狙われている。それを阻止するために我々は動いている。シンジケート自体は昔からこの国に存在している。正体を隠して人間社会に紛れ込んで悪さを働いている連中だ。彼らが暗殺計画を立てているという情報は、信用できる筋からのリークだが、連中は秘密主義で結束が強い。協力者も、諜報捜査を入れる隙も見つけられず、内部の動向が掴めない。君を襲った、武田と名乗っていた男もこの組織の一員だ。俺も彼に一度、会っていたのに、彼がウェアウルフとまでは気づかなかった。彼らは非常によく訓練されている」

内ポケットから警察手帳を取り出しながら、赤羽根は淡々と説明する。そうなのか、と片貝は頷いた。警察関係者だとは予想していたが、思った以上に危険そうな事件に関わっていることに戸惑った。

「狙われている要人はジョセフ・ジェイ・ウルフ。彼はウェアウルフと人間のハーフだ。種族間の差別をなくすために世界中で集会やデモをしてまわっている活動家だ。今度の人権会議でウェアウルフに対する偏見と差別、そして彼らが置かれている現状について演説することが決まっている」

「だったら、彼はウェアウルフの味方じゃないの？　何故命を狙われるんだ？」

「シンジケートは、彼がウェアウルフの裏切り者で、恥さらしだと主張している。平和の旗のもと、同族をだしに同情を買い、寄付金を稼ぐために世界をまわっていると思っているんだ。連中は、人類とウェアウルフが和解する世界は決して来ないと信じている。ジョセフの推進するウェアウルフ差別撲滅《ぼくめつ》運動が活発になると、自分の正体があばかれて、生活が脅《おびや》かされると思っている」

「だから殺すって？　馬鹿げた考えじゃないのか？」

「洗脳されているんだ。彼らは」

　赤羽根が苦々しい顔をする。

「件《くだん》のシンジケートの中枢にいるのは人間だ。彼らはウェアウルフの人権が認められると困る。まともな職につけるようになれば、わざわざまともじゃない仕事を選ぶ奴はいなくなるだろう。ウェアウルフという優秀で安価に使える実行部隊が減れば、組織は解体の危機だ。だからうまいこと情報操作をして、シンジケートに所属するウェアウルフたちに、ジョセフは裏切り者だと信じ込ませている。馬鹿みたいに聞こえるだろうが、狭い世界で生きてきているウェアウルフ達は、群れの仲間の言うことを信じやすい」

　だから、と赤羽根は続ける。

「ウェアウルフが正当な権利を得られる社会を目指すためにも、俺はこの暗殺計画を、どうしても阻止しなければならない。そのためには何だってする覚悟だ」

それは熱のこもった、まっすぐな告白だった。

片貝は眩しさを覚えて、ひそかに喘いだ。赤羽根の正体と本当の目的を聞いたことで、彼のついた嘘への怒りが消えたわけではないが、自分の中にある、怒りの本質に触れた気がした。

本物の彼は、同族のために献身的に働いている、真面目で情熱的な男だった。自分のことばかりを考えて被害者ぶっている自分に、彼を責める権利があるのだろうか。片貝には、彼の隣に立てるほどの能力がないから、正体を秘密にされていただけではないか。怖い現実に気付かないように嘘で目隠しされて、弱いものとして、守られていた。結局のところ、自分は彼に、対等に見てもらえていなかったことに怒っているのだ。

「だが君を危険に晒したのは、明らかに俺の判断ミスだ。どんな手を使ってでも、といっても、君のような優しい民間人を犠牲にするのは間違いだった」

「かまわない」

片貝はとっさに口をひらいた。

「俺はあなたに協力したい。これからも、俺が役に立つなら何でも使ってくれ」

自分の台詞に、片貝は内心驚いたが、その通りだと納得が後からついてきた。自分は赤羽根が思っているほど弱くはないと、証明したかった。

けれど、赤羽根はもどかしそうに、そんなことはしなくていいと返してくる。

「これ以上君を危険に晒したくはない。すでに俺は、シェルターに行く君に、盗まれた犬が見つかったと言えと頼んで、君を利用している。それで何かしらシンジケート側からの動きがあるなら儲けものだという軽い気持ちだった。軽率だった。まさかこんなに強引な手段で、君に直接接触してくるとは思っていなかった。彼らは俺が思っている以上に過激な思考を持っているようだ。君は下手したら殺されていたのかもしれないんだぞ」

「平気だ」

首筋に当たった生臭い息をまざまざと思い出して、震える指先を握りながらも、片貝は繰り返した。

「嘘をつかれたことには、腹を立てているけれど、あなたは自分の利益のために俺を利用したわけじゃないんだろう？　それにあなたができる限り俺の傍にいて、俺に危険がふりかからないように、守ろうとしてくれていたのはよくわかっている」

だから、と、片貝はつけたした。

「俺にはまだ、利用価値があるんじゃないのか？　だったら役に立ちたい。別にあなたのためじゃなくて、俺もウェアウルフと人間の垣根をなくすために何かができたら、きっと自分を誇らしく思えるだろう。自分のためだ。それに……」

くちごもりながらも、片貝はぼそぼそと白状した。

「あなたにとっては、仕事だったんだろうけれど、俺は、あなたと一緒にいると、楽しかった。悔しいけれど、あなたにちょっと、憧れもした。あなたくらい、勇敢で強くなりたい。だから、あんまり俺を弱虫みたいに言わないでくれ。本当に自分のためなんだ」

なかなか恥ずかしいことを言っているな、と、他人事のように思った。

弱いものとして見られているのは悔しいが、現実的に、片貝は赤羽根のような屈強さは持ち合わせていない。赤羽根も、彼なりに任務とのせめぎあいの中で、可能な限り片貝のためを思って選んだことだと思っている。ならば仕方ない、くらいには妥協できる。それに、彼がそこまで事実を打ち明けて誠意を見せてくれたのならば、できることならもっと彼の役に立ちたかった。

「あなたは、胸を張っていたら周りがそう見てくれると言うけれど、胸を張るにはやっぱり理由がいるよ……それがわかりかけたところで、今さら、もう用無しなんて、仲間はずれにするのはずるいと思う」

ダメ押しのつもりで付け足した台詞が、一番本音のような気がして、片貝は俯いた。

「君は自分を誇ってもいいと思う」

ふいに大きな手が、片貝の頬を撫でた。

「君は勇敢だよ」

「どこがだよ」

「君のように、俺の正体を知ってもなお、そこまで親身になってくれる人間はいなかった。それに俺の嘘を許してくれるんだろう？　寛容で強い人だ」

「褒めすぎだ」

いたたまれなくなって顔をあげると、赤羽根の顔は驚くほど近くにあった。

「得難《えがた》い人だ」

彼の声は、かつてないほど甘い。片貝は、いま自分が彼の部屋で、彼と二人きりだということを急に意識した。先日、彼と重ねあったくちびるが、ひりひりとうずく。赤羽根が身を寄せてくる。彼の放熱を、頬に感じる。かがみこみつつ、まつ毛を伏せる彼の顔は、とてつもなくセクシーで……

「いや、ちょっと待って」

片貝は、咄嗟に彼の胸に手をつっぱって、彼がそれ以上近づいてくるのを阻止した。

「なんでそうなるんだ？」

混乱しきったまま、なんとかうまい言い訳を探そうと目を泳がせていると、赤羽根がふっと、さきほどまでの淫猥《いんわい》な雰囲気を消して、体を離した。

「すまなかった」

「いや、嫌なわけじゃないんだ」

慌てて片貝は訂正した。

「その、俺は今まで犬にしか興味がなかったから、人間相手にどうしたらいいのかわからなくて……いや、あなたは、ウェアウルフだけど、つまり犬以外の相手にどうしたらいいのか。だってあなたは犬じゃないし、二本足だし」

おろおろとした説明に、彼が目を丸くした。

「まさか、本当に犬にしか興味がないのか？」

「は？　だからそう説明しただろう？」

心に余裕を失っていた片貝は、赤羽根が、あの日の片貝の必死の告白を、ただの冗談だと思っているらしいことに、簡単に逆上した。

この秘密を、誰かに打ち明けたのは初めてなのに、そんなに軽く受け止められていただなんて。片貝がどれほど必死で恥ずかしく恐ろしい気持ちを押し殺し、どれほどの勇気を奮い起こして打ち明けたのか、さっぱり伝わっていなかったなんて。そういえば赤羽根は人の言動を細かく見ているようで、あまり興味のない情報に対する扱いは雑だった。

「ああ、そうだよ！　俺は犬にしか興味のない変態だ！」

声を荒げて宣言する。だったらもっと、否応《いやおう》なく正確に理解してもらおう。

「俺は本気で犬にしか欲情しない。犬としかヤリたいと思わない。人間の、毛の無い、ひらべったい顔は全部同じに見える。正直全員ジャガイモだ。亀頭が根本にないペニスなんてセクシーじゃない。俺の動画サイトの履歴《りれき》は、犬の交尾シーンで埋まっている！　毎晩のように犬のペニスを観察しすぎて、最近はペニスだけで犬種とだいたいの年齢がわかるようになってきた、正真正銘《しょうしんしょうめい》の変態だ！」

息継ぎなしに言い切って、ふんと胸を張った。次の瞬間には後悔した。

赤羽根は片貝の気迫に押されたように、かるく身をのけぞらせて固まっていた。

「……シェルターからPCを盗みだして消えた犬は鍛冶《かじ》永《えい》というシンジケートの一員だ」

そしておもむろに事件の説明を再開した。

「鍛冶は盗んだデータと、シンジケートの内情をまとめたノートを公安に売りつけてきた。彼は元々、公安に情報をちびちび流して小銭稼ぎをしていたんだが、それが組織にばれそうになったらしく、逃走資金として一気に稼ぐことにしたようだ。値段に見合ういい情報がもらえたよ。シェルターに登録されている犬やスタッフの一部がウェアウルフで、犯罪の斡旋業をしている証拠がいくつも確認できた。依頼された犯罪が成功した場合、報酬はシェルターの寄付として振り込まれている。盗まれたPCにはその資金の流れや顧客リストが含まれていた。今回、俺たちが追っている事件に関連しそうな人物も何人かピックアップできた。いい収穫だ。だが決定打には欠けている。更なる捜査が必要だ」

つらつらと彼はよどみなく、呪文のように続けた。

「鍛冶の身柄はすでに確保した。鍛冶に、盗んだデータをシンジケート相手にも法外な値段で売ると持ちかけさせて、揺すぶりをかけているところだ。向こうは、鍛冶の交渉に応じる態度をとりながら、裏で彼の居場所をつきとめようと躍起《やっき》になっているようだ。現時点では、鍛冶が警察と繋がっているという情報は漏れていない。そのせいでシンジケートは、鍛冶を保護してシェルターにつれていき、消えた犬が見つかったと報告した君のもとに、鍛冶が潜伏《せんぷく》しているのではないかと疑った。しかし君の家に踏み込んだ武田は逮捕された。迅速《じんそく》な逮捕劇は、君の近くに警官がいたせいだとシンジケートに知られたら、連中はこちらの思惑を悟るだろう。俺たちは先手を打たなくてはならない」

「……そうなのか？」

どうしてそんな説明を急にはじめたのか、いまいち理解できないまま相槌をうつと、彼はつまり、と言いにくそうに言葉を舌に乗せた。

「つまり、しばらくは、忙しくなるから、君と会える時間が減るということだ。君には手伝ってもらえない仕事だ」

「そうなのか」

「すまない」

それは一体何への謝罪なのかと、片貝は問いたかった。

「いいよ、気にしないで」

けれど言い出せなかった。

赤羽根を困らせたくなかったのだ。

きっと彼は、俺の変態性癖に引いてしまったのだろう。そしてやんわり俺を拒絶しているんだ。

悲しいな、素直に思った。赤羽根も眉を下げて、困った顔で片貝を見ていた。

あまり感情を表に出さない彼には珍しかった。きっと動揺しているのだろう。彼はこれであんがい優しい。自分の態度が、片貝を傷つけている自覚もあるのだろう。

だから片貝は微笑みを作ってみせた。地味でささやかな花だけを選んで花束を作るような、素朴な微笑みを。

「あまり根を詰めて倒れないようにな」

どちらにしろ、犬しか愛せない自分が彼とどうにかなるわけもない。ただ彼と、友達になれるかもしれないと、うぬぼれていただけだ。そう自分に言い聞かせた。

赤羽根のダブルベッドを譲られたけれど、落ち着かなくて一睡もできずに迎えた朝、片貝は赤羽根から、生きのいい若者を紹介された。

「俺の後輩だ」

「初めまして片貝さん。わたし、表《おもて》祐哉《たくや》と申します。先輩の留守中をあずかり、あなたを護衛するために、時々こちらにお邪魔することになりました」

赤羽根の紹介は簡潔すぎ、表と名乗った青年は寝不足の頭には爽やかすぎた。

「いえ、こちらこそ、よろしく……」

「じゃあ、頼んだぞ」

気後れしながら挨拶しているうちに、赤羽根はさっさと出ていった。そういえば彼はどこで眠ったのだろう。

「えっ、おい」

扉が閉まってから、初対面の相手と二人っきりにしないでほしいと、赤羽根に心の中で抗議した。俺は人見知りなんだ。何を話せばいいかわからない。緊張するじゃないか。

そういえば、赤羽根には人見知りをしなかったな、と現実逃避気味に思い出した。出会いがあまりに強烈で、それどころじゃないかったせいもある。まるで長い時間をともにした相手のような気安さは、はじめから感じていた。

昨夜片貝が、しなくてもいい告白をぶちまけてから、赤羽根があからさまに自分を避けていることに、片貝はちくちくと胸を痛めている。

「片貝さんって駄目なものあります？」

片貝の気持ちも知らず、表と名乗った男は両手いっぱいの食材を持参していた。

「食事まで作ってくれるんですか？」

あまり食欲はないのだけれど。ひきつった愛想笑いに、表は気付いていないようだ。

「ただの趣味ですよ。部屋にずっといるのは気が滅入るから、せめて美味しいものでもと思って。あ、ちゃんと教室にかよって栄養学から学んでいますから心配しないでください」

　赤羽根の後輩だという男は赤羽根とは違い、警官というイメージにはそぐわない明るさと爽やかさを持っていた。フレンドリーで、しかも料理もうまいときている。

「俺、赤羽根先輩に拾われてこの仕事を目指すようになったんです。元々は街のすみっこで仲間とつるんで喧嘩したり悪さをしたりして腐ってたんですが、酔っ払って喧嘩を売った相手が先輩で……一瞬で叩きのめされましたよ。それから先輩に憧れて、頑張って勉強して、警察に入って」

　表はすっかり赤羽根に心酔している様子だ。

「あの人本当に強くて。大きな声を出さなくても相手を威圧する迫力があって、すごくかっこいい。見かけはモデルみたいに細く見えますけど、脱いだら針金をぐるぐる巻いて作ったのかってくらいに筋肉がすごいし。いちいちクールで、まるでアメコミのダークヒーローみたいじゃないですか?」

　キッチンで手早く材料を並べながら彼はぺらぺらと喋っていた。お喋り好きなのも、片貝の持つ警官というイメージにはそぐわない。口も軽そうだな、と、こっそり思う。もしこれが演技なら、役者になったほうが絶対成功すると思った。

「けっこう気が短いところもあって、応援を待たずに一人で現場に乗り込むこともあるんですよ。それが彼にとっては、そんなに無茶な判断でもないらしくて、十数人を一人で制圧してしまうこともあるんです。先輩、あの手足でしょ？　相手が想像するよりもリーチが長いから、肉弾戦なら一人勝ちですね。ナイフも得意だし、銃火器の扱いもお手の物だ。気配を殺すのも上手で、影に潜むようにして、一人一人、確実に仕留めていくんです。本当敵にまわしたくない人ですよ。自分の足で歩いて証拠を掴むのが好きな古風なところも、俺は好きです。あの容姿だから、尾行がうまくないのは玉《たま》に瑕《きず》かな。どんな人混みにいても頭ひとつぶん飛び抜けてしまうし、あのハンサムフェイスでしょ」

休みなしに喋りつつも、肉の筋をとり、下ごしらえをすますと、次はトトトとリズミカルに野菜を刻んでゆく。手伝う隙もないあざやかさに片貝は感心してしまった。

「何を作っているんですか？」

「ラタトゥイユとチキンのソテー、それからコンソメベースのスープでも作ろうかと思っているんですが、もっとこってりしたもののほうが好きですか？　それとも、もうお腹が空きました？　冷蔵庫にヨーグルトや果物なんかがありますよ。スコーンも買いましたのですぐ焼けますし」

「いや、美味しそうだなと思っただけ。お腹はまだそんなに空いてないです」

「でも、朝ごはんもまだでしょう？」

頷くと、あっというまにゆで野菜とサニーサイドアップのミニプレートが出てきた。

「魔法みたいだな……あっ、いただきます」

　オリーブオイルと塩、といったシンプルな味付けの料理が胃を温めると、確かにお腹が空いていたのかもしれないと思わされる。いつも外食や出来合いのもので済ませていたから、こういった素朴な、素材の味がわかる料理が新鮮で美味しかった。

「美味しい。ありがとう」

「そんな、礼を言われるほど大したものじゃないですよ」

　こういったものを、赤羽根にも食べさせてやりたいなと思う。

「表さんは、今日はずっとここにいる予定ですか？」

「一応、そのつもりです。申し訳ないですが、今日はできれば片貝さんもここで待機していただけたらありがたいんですが」

　どうやら外に出たいと言われると困るらしい。表がすまなさそうに言う。

　ちがうちがうと、片貝はかぶりをふって苦笑した。

「あの、できればでいいんですけど、俺にも料理を教えてくれないかな……ほとんど自炊したことがないんだけど」

「ああ、それなら喜んで」

　表の目が、ぱっと輝く。

「折角だから豪華なものにチャレンジしましょう。赤羽根さんが戻ってきたら驚かせてやりましょうよ」

偶然なのか彼は、片貝の望む通りの返事をしてくれた。

「いいな。あの仏頂面がどんな反応するのか見てみたい」

「ふふ」

片貝の台詞に、表が小さく笑う。

「赤羽根さんと仲良くなったんですね。羨ましいな」

「……仲良いって、わけではないと思うんですが」

嘘ばかりつかれたし、利用されるために近づかれたようなものだ。仲良しとはちょっと違う。おまけに今は自分の特殊性癖のせいで引かれている……そう思ったけれど、彼と仲がいいと言われるのは存外悪い気分ではなかったので、黙っておいた。

「では、ランチが終わったら作りはじめましょうか」

「それまで俺が何かできることはある？」

「さあ……？　テレビでも観ていたらいいんじゃないですか？」

表は興味のないことに関しては雑な性格のようだった。

ローストビーフと鳥の唐揚げ、それからたまねぎとほうれんそうのキッシュ。シーフードのサラダ。デザートのレモンのソルベには最後にウォッカをかけるらしい。そこそこ見栄えがして初心者でも手伝えることがあるものをチョイスされて、片貝は見よう見まねで表を手伝った。テレビでドラマを流しつつ、あれこれと準備をしているうちに、あっというまに時間は経過して、赤羽根の帰宅を知らせるチャイムが鳴った。

エントランスから続く廊下を通り、リビングに足を踏み入れた彼を、片貝は期待しながら見守っていた。けれど、残念ながら彼の反応は薄いものだった。

「これ全部作ったのか？」

薄いながらも一応反応しなければいけない空気は読んでいるようだが、空々しい。

「そうですよ。誕生日みたいでしょう？　片貝さんと一緒に作ったんですよ。片貝さん、料理はほとんど初めてだって言ったけれど、筋がいいので驚きました。たまねぎの切り方とか、俺なんかより正確で、厚みが綺麗に均等なんですよ」

「それは褒めすぎだよ」

ベタ褒めしてくる表に照れくさくなって、片貝は彼を軽く小突いた。

「俺はほとんどキッチンで表くんの邪魔をしていたようなもんだ。彼、手際が良くて。器用だし、教え方も上手なんだ」

にこにこと笑い合う二人を、赤羽根は、全く趣味じゃないソープオペラでも観るような目で眺めている。

「そうか、すごいな」

ありがとうと、表と片貝に礼を言う台詞も、なんだか薄っぺらい。

「仕事忙しかったのか？」

白けた雰囲気に耐えきれず、片貝が問うと、彼は軽く肩をすくめてみせた。

「まあまあな。詳しくは言えないが」

どうにも受け答えが芳しくない。片貝がちらりと表を盗み見ると、彼はわかりやすく意気消沈していた。仕事で何があったのかは知らないが、少しは部下の気遣いを汲んで、嘘でもいいから喜んでやればいいのに。気の利かないやつだな。片貝も、つられて不機嫌になってしまった。

上滑りする会話のほかは、ほとんど無言で囲む、居心地の悪い夕食を終え、表は入ってきたときよりも若干《じゃっかん》小さくなって出ていった。

片貝は彼を見送ったあと、赤羽根に対して、ふつふつと怒りが湧いてきた。

心のこもらない言葉ばかりを吐いていたのにもかかわらず、食後のデザートと珈琲までちゃっかり口にしている赤羽根を、無神経だと思う。

片貝はずかずかと彼の傍に行くと、仁王《におう》立ちになって進言した。

「ああいう態度は良くないと思う」

「何の話だ」

「表くんへの態度だよ。彼はあなたを喜ばせようと頑張って料理を作ってくれたのに」

「俺があいつに指示したのは、君の護衛であって、俺の夕食じゃない」

彼は片貝の苛立ちにも眉ひとつ動かさない。

「でも彼の料理は美味しかっただろう？　俺は外食ばかりだから、彼の料理をすごく美味しく感じたんだ。だから頼んで作ってもらったのに」

けれど片貝がそう呟くと、赤羽根の肩がぴくりと反応した。

「君は身の危険にさらされているんだぞ。それなのに危機感も無く、のんきに料理なんて」

「でもここから出て行けないし、何もすることがない。表くんだって、俺に気を遣ってくれていたんだ」

「彼は仕事中だぞ、まさか君と一緒におままごととして遊んでいるとは呆れたものだ」

「おままごとだって？」

カッとしたものの、理不尽にも聞こえるその反論は、どうにも彼らしくないと感じた。

もちろん片貝は、赤羽根のことを良く知っているわけではないが、少なくとも彼が格好つけたがりなのはわかっているつもりだ。こういった些細なことにカリカリして、悪意を含んだような物言いをするのはおかしい。

「どうしたんだ？　まるであなたの物言いは八つ当たりみたいに聞こえる」

「八つ当たりではないよ」

本当に何かあったのではないかと戸惑う片貝に、冷静さを取り戻したのか、赤羽根の口調から棘《とげ》が消える。

「これは嫉妬《しっと》というものだ」

「は？」

けれど返ってきた言葉は、片貝の予想の斜め上だった。

「君が表とすっかり仲が良さそうなのが気に入らない。あんな親しげな笑顔、俺には見せてくれたことがないじゃないか。まるで仲間はずれにされた気分だ」

口調は淡々としていたが、物言いはまるで子どもだった。

「嫉妬なんて、あなたみたいな格好つけがするものか」

ほとんど自分に言い聞かせるように漏らした言葉に、赤羽根がかぶりをふる。

「俺は嫉妬深い方だ。気になっている相手が他人と、よりによって俺よりも若くて可愛い後輩と仲良くしていたら、そりゃあ気分が悪くなるさ。しかも、今日一日走り回って働いて、疲れて帰ってきたときに、仲睦《なかむつ》まじい様子を見せつけられたんだ。地獄かと思った」

「若い後輩って言ったって、男だぞ」

「君は男のほうが好きなんじゃないのか？」

「いや、犬のほうが好きだけど……」

「オス犬が好きなんだろう？」

まあ、言われてみればそういうことになるな。そうか、俺は同性が好きなのか。異種族愛者で同性愛者とは。マイノリティの中のマイノリティではないか。

自分の性的指向に片貝がおののいている間にも、赤羽根の不機嫌は止まらない。

「あいつは犬みたいだからきっと君の好みだ」

「決めつけるなよ……」

ぶつぶつと際限なく続きそうな彼の不満は、まさに自分だけ輪に入れなくて、拗《す》ねている子どもそのものだった。立派な成人男性の見かけにそぐわず、あまりにも率直で稚拙《ちせつ》で、自分本位な物言いだ。

けれど片貝は、もはや呆れたり腹を立てるような気分にはならなかった。彼が本当に忙しく、必死と言っていいほどの努力で任務をこなしているのは、誇張でもなんでもないだろう。疲れ果てて安らげるはずの部屋に戻ってきたのに、そこでは自分を放ったらかしにして盛り上がっている連中がいて、くたくたでテンションの低い赤羽根に喜べと強要してくれば、機嫌が悪くなっても仕方がない。空気を読んで気を遣えという苦言こそが、相手の気持ちをちっとも考えていない、ただの親切の押し付けだ。

「そうだったのか、ごめん」

だから片貝は素直に謝った。ついでに、つい、乗りで彼の頭に手をのばした。あまりにも彼が小さな子どものようだったから。

彼の髪に触れてみれば、想像していた以上に柔らかで指通りが良かった。指の隙間に、とろけるようにからみついてくるその手触りは官能的なほどで、片貝は思わず無心に撫でてしまった。

赤羽根は片貝の行動に、一瞬は驚いた様子だった。けれど、すぐにおとなしく、もっと撫でろとばかりに頭をすり寄せてくる。それは大型犬が控えめに懐いてくる仕草そのもので、片貝は、たまらない気分にさせられた。

可愛い。なんだこいつ、どこにそんなあざとさを隠し持っていたんだ。もしかして、警官というのは、ハニートラップなども仕掛けたりするのだろうか。こんな仕草で甘えられたら、老若男女《ろうにゃくなんにょ》ともどもひとたまりもないだろう。心配だ。何が心配なのだかわからないが、彼が可愛いというのは心配になる。

そんなことを懊悩《おうのう》しているうちに、気づけば片貝は、赤羽根の足の間に体を入れて彼の頭を抱え込むような体勢になっていた。

これは拙いのではないかと、手遅れ気味に気付いて固まった。それは経験の乏しい片貝ですらわかる体の密着度だった。手の動きが止まったことで、赤羽根が顔を上げて片貝を見る。微かにまぶしげに眇められた目は、まるで愛おしいものを見るような色をしている。

「抱きしめてもいいか?」

「だめだ!」

大きな声を出して、飛び退いてしまったのは、動揺したからだ。けれど赤羽根はそうは思わなかったようだ。悲しそうに眉を下げて自分のつま先を眺めている。罪悪感を刺激するポーズだ。片貝は、いよいよ焦った。

「すまない、でもどうしても体が拒絶するんだ……昨夜、言っただろう。俺は犬にしか興味が持てなくて、人間は少し苦手で……」

「犬の姿になれば、顔くらいは舐めてもいいのか？」

「いや、それもちょっと……中身があなただと思うと」

本音を言えば、その提案は魅力的に感じられた。拒否したのは、赤羽根の（犬の）体目的のようで、失礼かと思ったからだ。

「だったら、隣に座って話をするだけは？」

あんがい赤羽根は諦めずに提案してくる。

「疲れているんだ。君の声を聞いて癒《いや》されたい」

「なんで俺の声で癒されるんだ」

恥ずかしいことを言われた気がして、照れながらも、片貝はそれくらいならいいかと、のこのこと彼の傍に戻ってきた。

促されるままに、ソファに腰掛ける。赤羽根は、もたれかかるように身を寄せてきた。

隣に座るだけじゃなかったのか？　と抗議しそうになったが、それはあまりにも潔癖症の箱入りじみた物言いに思えて、黙っておいた。彼の放熱を肌で感じる。彼と僅かにふれた部分が、じんわりとぬくもる感覚が、心地よかったこともある。

「何を話せばいい？」

「そうだな」

赤羽根が瞼《まぶた》をおろして、ため息まじりに呟く。

「君の愛犬の話を聞きたい。嫌なら他でもいいけど」

「いいよ」

いきなり遠慮がないな、と思ったものの、彼にはずいぶん秘密をぶちまけてしまったので、今更だとも思った。

「でも、俺が他のやつと仲良くしているのは気に食わないんじゃないの？　俺とジャックは、あなたと俺よりずっと親密な関係だったよ」

「そう言われると気に食わないが」

彼は不満そうな様子で鼻筋に皺を寄せた。

「だが君が、愛するものの話をするときの、声が聞いてみたい」

「そうだな……でも別に、綺麗な話じゃないよ」

かまわない、と赤羽根が言うので、片貝は、とっておきのものを叩きつけてやろうと思った。昨夜あれだけ引いておいて、今日はまた懐いて口説《くど》くようなことを言ってくる隣の男を、こらしめてやろうという気持ちも、少なからずある。

「俺とジャックは、道端で会った。彼はすでに成犬で、土くれみたいにボロボロだった。俺はまだ中学に上がったばかり。ジャックはなかなか懐いてくれなくて苦労したよ。けれど俺に気を許してくれてからは、本当に賢くて優しい犬だった。俺が辛いときは寄り添ってくれるし、俺がして欲しいことは先回りしてやってくれた。芸は覚える気がない様子だったけれど、両親のベッドに上がってはいけないとか、散歩から帰ったら足を綺麗にするまでは部屋を歩き回ってはいけないとか、そういうことはすぐに覚えたな。人間の言葉を理解しているんじゃないかって疑ったこともある。半分は俺の願望だったけれど」

つらつらと、思いつくままに、片貝は話した。

「いつからジャックのことを、好きになったのかはわからない。半年、一年と、ともに過ごすうちに、いつのまにかジャックの姿が輝いて見えたり、彼にじゃれつかれるとドキドキするようになった。ちょうど俺は年ごろで、学校ではいつもシモネタが飛び交っていた。ある日クラスメイトが、特殊なプレイばかり載っている雑誌を学校に持ち込んできた。俺はそこで、バター犬というものを知った」

ちらりと赤羽根を盗み見ると、彼は片貝を安心させるように頷いて、続けて、と言った。

「……自分の局部にバターを塗って、犬にそこを舐めさせるように訓練して、最終的には人間と性交できるようにするそうだ。そういう犬の写真が掲載されていた。あれって、虐待にはならないのかな？　って今なら思うけれど、子どもの俺は、その考えまでは至らなかった。とにかく、そこで俺は、四つん這いになった女の人の上に犬がのしかかって、腰を押し付けている姿を見てしまったんだ。皆が、ヘンタイだ！　と笑っているなかで、俺は笑えなかった。今までいくら裸の女の人の写真を見ても、そういうものかと思う程度で興味を惹かれなかったのに、その写真に、俺は、自分でもびっくりするくらいに興奮した。そしてそれを、なんとしてでも手に入れたいと思った。俺は、その本を持ってきたクラスメイトにかけあったんだ。これはすごい本だから、自分の友人にも見せたいとか何とか言って」

「さすが片貝でも若者のころは行動力があったんだな」

赤羽根のコメントに、片貝も苦笑する。

「まあね。でも怖かったよ。片貝はヘンタイだって噂されるかもしれないし。でもそのクラスメイトはいいやつだった。彼の兄に頼んで同じものを買ってきてくれたんだ。多少の手数料はとられたけれどね。そしてとうとうその本が届いた夜、俺は布団にもぐりこむと息を潜めてページを開き、バター犬の写真を飽きずに眺めていた。見ているうちに体がむずむずしてきたけれど、当時の俺は精通がまだで、オナニーの方法も知らなかった。やっと眠れた明け方の夢の中、俺は裸で、四つん這いになっていた。俺の背中に犬がマウンティングしていて、しきりに俺に腰を押し付けていた。何度も、何度も。俺はエロビの女の子みたいに、声をあげて悶《もだ》えていた。その朝、目が覚めたら、パンツの中がドロドロだった。それが俺の初めての夢精」

　ほっと息をついて、冷めてしまった珈琲で喉をうるおした。赤羽根の顔は、あえて見ないようにした。

「俺はしばらくのあいだこそ、その事実から目を逸らしていたけれど、そのうち気持ちが溢れそうになって、認めざるをえなくなってきた。俺の、ジャックへの欲望は増すばかりだ。末期には、散歩する彼の後ろ姿だけで勃起《ぼっき》しそうになるしまつだった。俺は毎日のように、ジャックに後ろを掘られる夢を見ていた。自慰のしかたを覚えても、オカズにするのは、あの時のバター犬の写真ばかりだ。異常だということはさすがにわかっていた。でも、俺は十代だ。向こう見ずで頭が血にのぼりやすい。俺はある日、たまらずジャックの前で裸になった。股間にバターを塗って、彼の前で足を開いた。俺は、ジャックに見られているというだけで興奮していて、触れてもいないのに達しそうなほど勃起していた……だが、ジャックはそうじゃなかった。困ったように首をかしげて、しばらくは俺の無様な格好を眺めていたけど、やがて部屋の隅で丸くなって寝たふりをはじめたよ。俺は彼にふられてしまったんだ。その日から、ジャックは俺の部屋で眠らなくなった。その上、数日後には、彼は家から出ていってしまった。彼がどうやって抜け出したのかは、いまだにわからないけれど、ジャックはそれっきり、行方知れずだ」

　できるだけ平気な様子で、打ち明け話をしようと思ったけれど、最後のほうは胸が苦しくなって、喋るのに苦労した。ジャックに拒絶されたときの悲しみと、浅慮《せんりょ》な行動で彼の信頼を失った後悔は、未だに片貝の胸に、深い傷を残している。

「どうしてあんなことしちゃったのかなあ……」

思わず呟くと、ふいに、頭に温かいものがのせられた。それはぎこちなく、慎重で、壊れ物を扱うように、片貝の額から後頭部を何度も行き来する。

赤羽根は、まるで爆弾処理でもしているかのような顔つきだった。片貝の真似をして、慰めようとしているのだろう。その不器用な気遣いが嬉しかった。

「話をするだけじゃなかったの？」

「そうだったかな」

「自分勝手なやつ」

囁く大きさで揶揄《やゆ》した。子ども扱いされるのは嫌だけれど、赤羽根の手のひらを、振り払う気にはならなかった。

彼の手は温かい。こんなふうに撫でられたのは子ども時代以来だ。自分が異常だとわかってから、片貝は親とは距離を置き、逃げるようにこの街にやってきた。もう二度と得られないと思っていたそのぬくもりが傍にある。そう思うと胸が暖かくなって、瞼が重くなってきた。そういえば昨夜はろくに眠れなかった。

ふあ、とあくびをすると、そのまま寝てもいいと、子守唄のような声が降ってきた。

片貝の、その夜の記憶は、そこで途切れている。

翌朝、片貝が目をさますと、いつのまにかベッドで寝かされていた。

起き上がると、香ばしい、食欲をそそる匂いが鼻腔を刺激する。

表が来ているのかとキッチンのほうを見ると、そこでは赤羽根がフライパンを操っていた。面白くなさそうな顔をしているので、最初はフライパンで何をしているのだろうと不思議に思ったが、考えてみるまでもなく、キッチンでやることといえば一つだけだ。

赤羽根は、片貝がテーブルに座るころには、すっかりセッティングをすませていた。目に鮮やかなひまわり色のスクランブルエッグにカリカリのベーコン。シャキシャキのレタスと丁寧に湯剥《ゆむ》きされたトマト。ヨーグルトにはベリーのソースがかけられ、プレスされたトーストからは、チーズがとろりと溶けだしている。

家庭的、というよりも、どちらかといえばホテルのモーニングのような有様だ。

「俺だって料理くらいはできる」

むすっとして主張してきた赤羽根に、片貝は笑った。

「上手すぎるよ、これじゃあ外食とかわらない」

「手抜きは主義じゃない」

「でも美味しそうだ」

いただきます、とフォークをとり、ふるふる揺れているスクランブルエッグを口に含むと、優しい味がふんわり口内に広がった。

「美味しい」

赤羽根は満足そうに、そうかと言った。

会話はそれだけだったが、それは居心地のいい沈黙だった。


食後の珈琲を飲んでいるとき、赤羽根がふと、かしこまった様子で語りかけてきた。

「犬にしか欲情できないというのは半分犬の俺からしても随分特殊だと思う」

前触れない直球を食らって、片貝はむせそうになった。

「それは俺も知っているよ」

なんだよ急に、と続ける前に、赤羽根は口をひらいた。

「だがそれも、君の個性なのだろう。俺はそれを尊重したいと思っている。同性が好きだというのも個性だ。俺もあまり性別にはこだわらないほうだから、そこは理解できる。だから……無理はしなくてもいいが」

彼はカップの取っ手を何度もいじりながら続けた。

「無理はしなくてもいいが、君が、少しでも、誰かに想われるという状況に、慣れてくれたら嬉しいと思う。誰かというか、俺のことだが」

どうやら彼は、いまだに片貝に歩み寄るのを諦めていない様子だった。片貝は、ほっとしたと同時に心苦しくなる。

「……どうしてこんな面倒な人間に構うんだ。あなたは物好きだ」

「君が面倒なのは否定しない。だが、君にそういった、不都合がなければ、俺は君にアプローチする機会はなかっただろう？　いまごろ君は、とっくに誰かのものだろうし。俺はラッキーだったと思う」

「……いや、それはないと思うけど……」

どう返していいか、戸惑う片貝に、「それと」と、赤羽根は付け足した。

「できれば名前で呼んでくれないか？　以前に酔っ払ったときに、俺を直人と呼んだだろう？　あれは嬉しかった。またやってほしい」

「覚えていないよ」

本当は覚えていたが、素面《しらふ》のときに、酔っ払ってやらかしたことを蒸し返されるのは恥ずかしい。

「今から呼んでくれ」

だが赤羽根は、彼が下の名前で呼ぶまで諦めないといった面持ちだ。

「わかったよ」

片貝は諦めて両手を軽く上げた。

「直人、それでいいだろう」

「いいな」

おざなりに呼んだのに、彼は満足そうだ。

「下の名前で呼ばれるなんて、久しぶりだ。嬉しかった。ありがとう『広』」

赤羽根が、お返しとばかりに、片貝の下の名前を呼ぶ。

ひろ、と響いた声が耳に届いたとき、彼は頬に火がつくかと思った。自分の名前のはずなのに、なんて甘く特別なもののように感じるのだろう。

数日後、片貝の警備態勢が緩められた。

「表の監視つきになるが、行きたいところがあれば出かけてかまわない。治安の良くないところはおすすめしないが」

「直人は今日、どこに行くんだ？」

片貝の質問に、赤羽根は僅かに怯んだ。彼は、自分で下の名前で呼んで欲しいと言いだしたにもかかわらず、片貝が本当にそう呼ぶと、微妙に動揺したような間を開ける。それが面白くて、片貝は彼の下の名前を呼ぶのが楽しくなりつつあった。

「守秘義務がある」

「俺は協力者だから、教えても構わないんじゃないのか？」

片貝は退屈していた。赤羽根の住まいは慣れてしまえば居心地が良く、片貝はインドア派なので数日の外出禁止程度ならば苦でないが、それでも多少の鬱屈《うっくつ》はたまっている。

「そんなに、俺に教えるのも危険な場所に行くのか？」

「……いや、以前、広と一緒に行った場所だよ」

観念したらしい彼が白状した。

「ウェアウルフの居住区だ。あそこに我々の協力者がいる」

「俺もついていってもいいか？」

ダメ元で頼んだのに、彼はため息ひとつで頷いた。

「まあ、あそこはある意味安全だからな……。俺の傍を離れないと約束するなら構わない」

「本当にいいのか？」

まさか許可されるとは思っていなくて、片貝はたじろいだ。以前、W地区に行ったときの、あの、いかにも治安の悪そうで雑然とした、よそものを拒む雰囲気は怖かった。あそこが安全だなんて、何故そんなことを思うのだろう。

「冗談だったのか？」

「いや、行くよ」

だが、許可が出たからには行こうと腹を決める。赤羽根についていきたいのは本心からだ。多少、へっぴり腰になってしまうのは気付かないでほしかった。

片貝の心配は外れ、W地区への訪問は平和だった。居住区の入り口まで、赤羽根の協力者であるウェアウルフ一家が迎えに来てくれていたからだ。ぞろぞろと集まっていた彼らは岩根《いわね》という姓を持つ。家長である初老の男は、W地区の自治体運営の、自警団の団長と紹介された。彼らは赤羽根により片貝が人間だと紹介された時のみ僅かに緊張したが、家につくころには、すっかり受け入れてくれた様子だった。

密かにほっとする片貝のそばで、大丈夫だっただろう？　とばかりににやりとする赤羽根は、黒いジャンバーにデニムとワークブーツを合わせて野球帽を目深《まぶか》にかぶるという、ここの住民に馴染むラフな出で立ちで、まるで岩根家の一員のようだった。

初めてウェアウルフの住まいに足をふみいれた片貝は、そこが見かけよりもずっと居心地良く設《しつら》えられていることに驚いた。壁は鮮やかな色で塗られ、ソファには手作りされたらしい、温かみのある毛糸のカバーがかけられている。あかあかと燃えるストーブを囲むように子どもと老人が固まって座り、ぽつぽつと会話をしている。どこか懐かしさを覚える風景は、かつて祖母の田舎を訪問したときを彷彿とさせた。

「人間と変わらんのですよ、暮らし自体は。貧しくはありますが」

片貝が部屋の入り口でまごついていると、家長の男が話しかけてくる。

「そうですね、全然変わらないから驚いていたところです」

赤羽根もウェアウルフなのだが、彼は生活感が欠如《けつじょ》しているので参考にならない。

片貝の返答に、男は深く頷いた。

「あなた方と我々の違いと言えば、満月の夜に、どうしても犬の姿になってしまうという程度のことなのです。あとは少し鼻が利きますかな。それ以外は、何も変わらないのです」

彼は片貝の背を押して、ストーブの傍に導いた。

「これが私の母です。そして子どもたちです。可愛いでしょう？　よければ構ってやってください」

「いえ、こちらこそ」

人見知りを自覚している片貝は、窮地《きゅうち》に立たされた気分だった。片貝は、相手が何に興味を持つか、何を言えば失礼にあたるのかわからないうちは、話しかけたりできないたちだ。幸い、子どもたちのほうがこちらに興味を示して、片貝に歩み寄ってくれる。

「どこに住んでるの？」

「ここから近い場所だよ。頑張れば歩いてもいけるかも」

「何の仕事をしているの？」

「うーん。色々だな。伝票を打ったり、電話を受けたり、資料を作ったり」

「楽しい？」

「それなりにね」

「食べ物、何が好き？」

「そうだな。卵料理かな」

「たまご！　おいしいよね。裏のおばさんが鶏さん飼ってるの。おばさんのお手伝いしたら、ときどきお礼にくれるのよ。おかあさんが茹でてくれるの」

「ゆで卵、おいしいよね」

「うん、あのね、うちのおかあさん、すごくやさしくて美人なんだよ」

「それは羨ましいな」

ふふっと笑って、とうさんもかっこいいのと、教えてくれる少女は愛くるしかった。

「かっこいいおとうさんに、美人のおかあさんの子どもだから、君もかわいいんだね」

「おにいさんも美人だよ。あとね、ナオトもかっこいいよね」

どうして俺のほうは美人なの、と納得いかないものの、ありがとう、とお礼を伝えておいた。

赤羽根はといえば、ダイニングの奥で、家長となにやらぼそぼそと話をしているらしい。薄暗くて表情まではわからないが時間がかかりそうだ。

「あの、何かお手伝いできることはありませんか？」

だから片貝は、ちょうどお茶を持ってきた女性に声をかけた。彼女は片貝に、ありがとうとにっこりすると、良い人手があったとばかりに遠慮なく仕事を頼んできた。

　家族が多いから家事は大変なのだろうなあ、とぼんやり予想していたが、現実は想像以上だった。キッチンでは大鍋二つぶんの料理が煮られているし、洗っていない皿も山盛りだ。洗濯物も一日で、たらい一杯になるらしい。子どもたちは部屋を汚す天才揃いだ。

　救いなのは、彼らが皆働き者だということだった。片貝が皿を洗いはじめると、どこからともなく子どもが集まってきて、洗った物を次々と拭いて棚に入れてくれる。母親が洗濯をはじめると、たらいを持ってくるものや、お湯を沸かすものが出てくる。よく見ればダイニングで話し込んでいる赤羽根たちも、大きなざるに盛られたじゃがいもの皮を次々に剥いている。真面目に話し込んでいる様子なのに、その手はひとときも休まることなく茶色いリボンを量産していた。なるほど赤羽根の料理の腕は、こういうときに役に立つのだなと、片貝は感心した。

　それにしても、自分が子どものころ、こんなにまめに親の手伝いをしていただろうか。両親は共働きで片貝は一人っ子だった。作り置かれた料理を温めて食べるくらいはしたが、面倒なときは皿を洗うことすらせずにシンクに放置していた。心が痛む。

　そうやって、思い出にひたりながらも慌ただしく手伝いをしているうちに、いつのまにか片貝のまわりは子どもだらけになっていた。どうやら片貝がこの中で一番要領が悪いので、面倒を見てやろうということらしい。いたたまれないながらも片貝が律儀に、ありがとう、すごいな、上手だよ、と褒めているうちに、岩根家の子どもたちは、この頼りない人間を、自分の仲間に入れてやってもいいと思うようになったようだ。

「鬼ごっこしにいこう」

ひととおり片付くと、片貝は子どもたちに外に誘われた。

「いや、俺は……」と言いかけて、ちらりと赤羽根を見やると、相変わらず話し込んでいる。込み入った情報なのだろうか。彼らの手元も二ラウンド目を迎え、今は人参の皮剥きだ。またストーブの前を陣取るのも気が引けるし、周辺のことにも興味があった。

「でも、俺が人間だとばれたら怖い目に遭ったりしない？」

ひそひそ声で子どもたちに相談すると、彼らは目配せをしあってから、大丈夫！と、力強く保証してくれた。

「ナオトは俺たちの父さんのお客さまだ。だからお客さまのツレのヒロもお客さまだ。お客さまはたとえ人間でも、イジメたり追い出したりしたら駄目な決まりだ。父さんはかっこういいから、誰も父さんのお客さまを怖がらせしたりしないよ」

「そうなんだ」

多分『かっこういい』は関係なく、彼らの父親は、この地域で発言力のある存在なのだろう。ウェアウルフは集団の繋がりを重んじるというから、リーダー格の不興を買うようなことをする者がいないのだろう。

「だったらちょっとだけ」

片貝は、自分の好奇心を満たすことにした。

ウェアウルフの子どもたちの鬼ごっこは、ほとんど競技だった。片貝は家事以上に彼らの遊びを侮《あなど》っていたことに、開始五分で気がついた。彼らは弾丸のようにびゅんびゅん駆け回り、塀の上から狭い隙間まで自在に移動する。もちろん片貝は彼らを捕まえられない。体も小さいから、ちょっとした物陰に隠れられるだけで見失ってしまう。

「ほらほら、こっちだって！　そこには誰もいないよ！」

「のろまだなあ、こっちだよ！」

好き勝手言われ放題で苦笑しつつ、大きな友達が出来たのが楽しいらしい子どもたちを追いかけて、片貝は入り組んだ道を歩きまわった。道は細く、足場も悪い。子どもたちは瓦礫《がれき》の山も泥の水たまりも、ものともせずに飛び越えてゆく。

密集する建物の隙間を縫うように張り巡らされた路地は、道というよりもただの隙間だ。ほとんど体の厚みしかないような幅の道を抜け、蛇のようにうねる道を進んでゆくうち、片貝はすっかり方向感覚が狂ってしまった。

これは一人じゃ戻れそうにないなあ。

片貝は危機感薄くため息をつきながら、せめて目印になりそうなものを覚えておこうと、周囲を注意しながら進んでいると、ふいに異様な雰囲気の場所に行き当たった。

そこは屋根の崩れ落ちた建物を、そのまま通りに使っているようだった。それだけなら、この周辺では珍しくないが、そこがただならなく思えるのは、床にも壁にも、元の色がわからなくなりそうなほど同じマークが繰り返し描かれているせいだ。

そのマークは、朽ち果てた壁から石製の床が残る地面や柱まで、隙間なく埋め尽くしている。古くて掠れたものから、比較的新しいもの、壁一面にスプレーで描かれているものから、親指に隠れてしまうくらいの小さなものまでさまざまだ。片貝は、それらのうちの、比較的丁寧に描かれていて、形がはっきり判別できるものを検分してみた。

それは短辺を下にした縦に長い台形の上に、鋭角の三角形が三つ伸びているものだった。全体的な印象は、角の生えた犬を正面から見た顔のようにも、鋭い爪を持った獣の足跡のようにも見える。

ありがちなデザインだからだろうか。片貝は、これをどこか、別の場所で見たことがあるような気がした。

「どうかしたの?」

片貝が追ってこないことに気付いた子どもたちが戻ってきた。

「疲れた?　あし、痛い?」

「ううん、大丈夫だよ。ただちょっと気になって」

「なに？」

首をかしげる子どもに、片貝はそのマークを指差した。

「これって何のマーク？」

そのとたん、子どもたちは困った顔になった。互いに顔を見合わせて、ひそひそ耳打ちをし合っている。

聞いたら駄目なことだったのかな、と思い始めたころ、ようやく一人の子どもが、遠慮がちに教えてくれた。

「それね、怖いひとたちのものだから、口に出したら駄目なの」

だから教えられないの。ごめんね。

そう言われて片貝は、あわてて、気にしないで、とかぶりをふった。

「ちょっと気になっただけなんだ。怖いこと聞いちゃってごめんね、知らなくって」

「うん、いいよ」

「でも、もう気にしたら駄目だよ。怖いひとに追いかけられて頭からかぶりと食べられちゃうかもしれないから」

「そうだね、気をつけるよ」

彼らは、相当片貝を危なっかしいやつだと思ったらしい。おかげで小さなナイトたちに手をひっぱられつつ岩根家に戻ることになり、あやうく腰を痛めそうになった。

家の前では赤羽根が仁王立ちで待っていた。

「どこに出かけていた」

問いかけこそ穏やかだが、怒っていることがよくわかる。

「いや、子どもたちと家のまわりをちょっと散歩……」

「鬼ごっこ！」

「丘の広場まで行ってきたよ！」

片貝は、できるだけ当たり障りない、罪の軽そうな言い訳にしようとしたのに、元気な子どもの声で台無しにされた。赤羽根の眉が、ぴくりと吊り上がる。

「ほう……まあ無事で良かった」

問い詰めてこないのが、逆に怖い。子どもたちの母親らしき人が空気を読んで、まあまあ、危険な場所に行ったわけでもないですし、夕食でもご一緒しませんか？　と赤羽根をなだめてくれている。

片貝としては、よっぽどそれに甘えたかったけれど、そうはいかなかった。すかさず赤羽根が、用が終わったらご迷惑はおかけできませんからと、丁重かつ、きっぱりと断ったからだ。まあ、そうなるだろうと思いながら、片貝はさっさと背を向けて帰る赤羽根を、あわてて追いかけていった。

「怒っているのか？」

「何を？」

あまりにも重苦しい沈黙に満たされた車内の圧に耐えかねて、片貝はおずおずと運転席の彼に尋ねた。

「あなたとの約束を破って、ちょっとばかり離れたこと」

「ちょっと？」

「いえ、かなりです」

思わず敬語になる。

「そのことを怒っているかって？」

彼は前を向いたまま答えた。

「それは、わざわざ俺に聞かないとわからないことなのか？」

つまり、聞くまでもなく怒っているということなのだろう。

「ごめんなさい。軽率でした」

「謝らなくてもかまわない。二度目は無い」

とりつくしまもない。しかしこれは自分が悪いから仕方ないかと片貝はしおれた。

「別に外出を禁じるわけではない。表に言って連れていってもらうといい。俺の仕事には同行させないと言っているだけだ。もう二度と」

落ち込んでいる彼を気遣っているのか、赤羽根が口調を柔らかくする。だがネバーモアは譲れない様子だ。

「俺はあなたの役に立ちたかったんだ」

「だったらおとなしく、俺の言う通りにしておくんだな」

ごもっともで。そう思ったが片貝は納得がいかなかった。

俺だって、そりゃあ、まあ、男にしたらひ弱かもしれないが、自立した大人なのだ。守られてばかりの立場に甘んじることはできない。今日、赤羽根の仕事に同行したかったのも、自分が何かできるか見極めたかったからだ。

だから片貝は、せめて今日得た情報だけでも、報告しておくことにした。別に子どもと遊びたいから、赤羽根の許可なく外に出たわけではないのだという、主張のためだ。

「なあ、直人」

「……なんだ」

彼が口を引き結ぶ。

「怖い人たち、ってなんだと思う?」

「怖い人たち?」

「今日遊んだ子どもたちが使っていたんだ。怖い人たちは、彼らのものの名前を口に出したら、追いかけてきて頭からがぶがぶ食べてしまうそうだ。ウェアウルフにもそういう、おばけや魔物みたいな言い伝えってあるの？」

「どうだろうな、俺たち自身が、人間からそういった類の存在だと思われていたからな」

不機嫌でも、赤羽根は質問には律儀に答えてくれる。

「俺は人間社会で育ったから、ウェアウルフの民間伝承にはあまり明るくない。だから、推測だが、W地区に存在する、たちの悪い連中のことを親が『怖い人』と教えたのだろう」

「あそこにも、やっぱりギャングみたいなのがいるの？」

「いることはいる。だが昔、地区の自警団が、人間の警察と協力して大規模なギャング狩りを何度も行ったんだ。そのおかげで、今はおおっぴらに活動する悪者はいない。W地区は、人間に悪い印象を与えないように暮らすことを重要視している派閥が強い。保守派は取り締まられないよう、息を殺して潜伏している」

「いなくなったわけではないんだ」

「ああ。だが連中は、縄張りの内部でトラブルを起こさない。そういった意味では、安全な地域だと言える」

「なるほど、そういうことか」

「だからといって、君が、俺との約束を破ったことをなかったことにはできない」

「わかったよ……」

頭の固いやつめ。片貝は口の中で彼に悪態をついた。

ふてくされた片貝を一瞥《いちべつ》した赤羽根が、ぽつりと言う。

「君が心配なんだ。わかってくれ」

「聞かなくてもわかっているよ」

思わず口答えして、自分の発した言葉の意味に赤面した。

一人で慌てている片貝を、赤羽根はちらりと一瞥して、口の端を持ち上げる。どうやら機嫌が治ったらしい。


「風呂に入らないか、一緒に」

夕食を終えた後、赤羽根はまるで世間話をするように言ってきた。

「は?」

「この部屋の風呂は広い。一緒に入らないか?」

聞こえなかったのか? とばかりに、ほぼ同じ台詞を繰り返して、赤羽根は軽く首をかしげる。首をかしげたいのはこちらのほうだと片貝は思った。

「なんで?」

「入りたいから。広と」

赤羽根の返事はいつも簡潔だ。簡潔すぎて理解できないくらいに。

「髪を洗って欲しい」

「……誰かの髪なんか洗ったことがない」

「下手でもいい。洗って欲しい」

「……」

「恥ずかしい？」

「別に恥ずかしくはない。男同士だろう？」

片貝は言い返してから後悔した。どうにも挑発に弱くて困る。

赤羽根に呼ばれて、片貝はしぶしぶバスルームに足を踏み入れた。湯気にけぶるバスルームで、彼はバスタブに長い四肢《しし》を悠々と伸ばしてくつろいでいる。全く身体を隠さないので、片貝のほうが目のやり場に困った。入り口でまごついていると、赤羽根が瞼を持ち上げて、流し目を送ってくる。

「なんだ、俺の体が気に食わないのか？」

「まさか」

慌ててかぶりをふる。それだけは違う。断じて違う。

「ほら、洗ってくれ。犬にやるようでいいから。シャンプーもボディソープもそれ一本で済ましているから適当でいい」

ボトルを手渡されて、片貝は腹を決めた。そうだ、こちらが頼まれているのだから、立場的には有利なはずだ。本当に犬みたいに洗ってやるからな、しかも汚れた犬だ。と、手のひらに垂らしたそれを軽く泡立てて、彼の頭を乱暴に洗い始めた。

けれど犬とはやはり手触りも骨格も違う。手荒く扱っているつもりなのに、赤羽根は心地よさそうに目を閉じてなすがままだ。彼の頭蓋骨《ずがいこつ》は綺麗に丸い。短い髪が良く似合うのはそのせいだろう。片貝は量の多い自分のくせ毛が鬱陶《うっとう》しくて、衝動的に彼のように短くしたいと思ったことが何度もあるが、残念ながら絶壁だった。

それにしても、目を閉じると、赤羽根の顔の造作のよさが良くわかる。高い鼻筋に、うすい唇。すこし痩《こ》けた頬のライン。濡れるとまつ毛の長さが際立った。長くたくましい首を降りてゆくと、くっきりと浮き出た鎖骨がある。そこから肉感的に盛り上がる、肩から二の腕。筋張った腕には細い体毛がはりついている。腕時計が似合いそうな手首、そして形のいい長い指まで。まるで一枚の絵画のように整っている。

ボリュームのある胸筋から続く、湯に浸かっている部分については、あえて見ないようにしていた。

「気持ちいいよ、広」

うっとりした声で言われて、ぎくりとする。いつのまにか彼は片貝を見ていた。

「ありがとう。お礼に今度は俺が洗う」

おもむろに立ち上がると、彼は一糸《いっし》まとわぬ姿でバスタブから抜け出して、シャワーコックをひねった。思わず呆然と彼を追ってしまった片貝は、頭から湯をかぶることになった。

「服が濡れてしまったことだし、どうせ脱がないとな」

「……あんたさ……」

恨めしげにそう言うのが精一杯だった。赤羽根は楽しそうに、くつくつ笑っている。

「待っているよ、広」

こうなったらやけくそだと、片貝は、濡れてはりつく服を剥ぎ取るように脱ぎ捨てると、ずかずかとバスルームに戻り、鼻の下まで湯に浸かった。

「もっと頭を上げないと泡が中に入ってしまう」

赤羽根は素っ裸のままで彼の髪を洗いはじめた。先程は緊張で感じなかった、シャンプーの胸のすくような匂いが漂うと、長い指が髪を通ってゆく感覚が、片貝の皮膚を震わせた。赤羽根の指には殆ど力が入っておらず、額から後頭部にかけて、耳の後ろから頭頂にかけて、優しくマッサージするように洗ってゆく。その動きは繊細だった。以前、彼が頭を撫でた時のように。

それなのに、今の片貝は、昨夜のようにリラックスできなかった。動悸《どうき》は激しくなるばかりで、しまいには、体の芯が、あやしい熱を孕《はら》みはじめた。

嘘だろう？　ただ髪を洗ってもらっているだけだぞ？　片貝は自分自身の体の裏切りに動揺してみじろいだ。どうにか熱を散らそうとした行動は、まるで逆効果で、太ももに擦れた先端すら、甘い愛撫のように感じてしまう。

「あまり動くな」

と、赤羽根に耳元で注意されたのが決定打となって、自分の性器が、ぴくりと反応したときには、恥ずかしさで湯が沸騰するかと思った。

「頭をもっと外に出して」

緊張で、ぐったりした片貝は、バスタブに浸かったまま泡を流された。シャワーの、いやらしくない刺激がわずかな救いだったが、ゆすぐ彼の手が戻ってくると、それも甘い拷問に変わる。濡れた耳たぶを、彼の指がそっと折り曲げるようにして、中に水が入らないように気遣う仕草すら、ひどく卑猥《ひわい》に感じるしまつだ。

それでも往生際悪く、ばれずに済ませられるかと望みを持っていた片貝だったが、赤羽根が当然のようにバスタブに入ってきたのでもう観念するしかなかった。いくらバスタブが大きいといえども成人男子二人が悠々と入れるほどは大きくない。手足を幾ら縮めてみても指先が触れ合い、膝頭が重なり合う。赤羽根の体積のぶん、勢いよく湯が流れてゆく

ころには、片貝の足の間のものは、目測できる程度には甘勃ちしていた。

赤羽根にも、さすがに気付かれているはずだが、彼は何も言わなかった。それどころか相変わらず、のんびりくつろいでいる。水面が揺れているから気付かないのかな、と恐る恐る自分の下半身を確認したとき、ついうっかり赤羽根のそれまで視界に入れてしまって、片貝は固まった。

彼の股間のものは、片貝の目がいかれたわけではないのなら、かなり露骨《ろこつ》に勃起していた。

凝視してしまったのは不可抗力だ。二度見するほどそこは立派だったからだ。ぐっと胸を張るように反り返り、えらを張らせたそれは赤羽根自身のように姿勢が良い。顔や手に比べて白い彼の腹部をバックに、赤く主張するそれに、どうにも視線が行ってしまう。

「なんだ、すけべだな」

思わず前のめりになっていると、急に声をかけられて、片貝は派手に水しぶきを上げて飛び上がった。赤羽根がこちらを見て目をしばたかせている。バスルームの柔らかい照明に、彼の目がきらきらしていた。まるでそのまま、自分の心の中を覗かれてしまいそうで、
片貝は慌てて口を開いた。

「だって、自分以外の人間のは、見たのが初めてで」

「修学旅行でクラスメイトのペニスを見なかったのか?」

彼は穴が開くほど見られていたことを大して気にするでもなく首をかしげた。そこまで立派に勃起させておきながら、彼の態度はいつもと変わらない。

「勃……大きくなっているところは見たことがない。人間のは」

「ふうん、犬のならあるんだ？」

「犬のなら……あっ。模型なら。あと動画とか」

ジャックのそれを見たことを思い出したものの、どういう状況か聞かれると恥ずかしくて、思わずごまかした。

「模型なんかあるんだ？」

「ああ、ある。色々売っているんだ。サイズも色々あって……」

思わず手で形をつくりながら説明してしまって、はっとする。

気づけば赤羽根は口元に拳をあてて、笑みを噛み殺していた。

「そんな大きなものを使うのか？」

完全に、何の使用目的の『模型』かばれてしまっている。

いたたまれなさに、片貝は頭まで湯に浸かって、赤羽根が慌てて引き上げるまで出ようとしなかった。

「悪かったよ。からかって」

片貝の髪を乾かしながら赤羽根が謝ってくる。

「プライバシーの侵害だ」

自分から口を滑らせたのにもかかわらず、片貝はまだ拗ねていた。

「そうだな、もう笑ったりしないよ」

赤羽根は殊勝《しゅしょう》だった。髪を乾かす手も優しい。

「広の髪はふさふさしてていいな。ハゲそうにない」

急に髪を褒めてみたりする。

「俺はこのくせ毛はあまり好きじゃない。もさもさだし」

「額を出してみたらどうだ？　すっきりするぞ。額も綺麗な形をしているのに」

前髪を上げられて、片貝はいやいやと頭をふった。

「額が広いのを気にしているんだ」

「ふふっ」

「また笑ったな」

「いや、すまない」

彼は咳払いをした。

「広が可愛いから」

片貝はほとんど無意識に彼の股間を見てしまった。

「いや、もう収まったよ。広が溺れようとするからびっくりしてね」

その視線の動きが完全にばれていると知って、片貝はクッションに顔をうずめた。

「おい、もう窒息《ちっそく》しそうになるのはやめてくれよ」

「俺はここで寝る」

「ベッドに行けよ」

「直人はいつもここで寝ているんだろう？　たまにはここで寝させろよ」

「……体が痛くなっても知らないぞ」

「直人は痛くなるのか？」

「俺は狭いところで寝るのに慣れているから平気だ」

まあ、好きにしろよ。そう言って彼は顔をソファに伏せたままの片貝の背中をぽんぽんと叩くと、毛布をかけてくれた。

「おやすみ、広。良い夢を」

照明が落とされる。彼の気配が遠ざかり、ベッドに行ったのがわかった。片貝はそろそろと、ソファから顔を上げた。

何かされるのかと思った。

例えば押し倒されてキスをされたり、反応してしまったペニスをいじられたり。

でも何もされなかった。本当に髪を洗って、一緒に風呂に入っただけ。片貝に欲情していなかったわけではないのは、彼の体の反応からわかっている。

でも彼は、何もしなかった。

理不尽だと思うが、何故だかそれが納得いかなくて、体の奥に僅かに残る熱の名残《なごり》に、片貝はしばらく眠れなかった。毛布に頬を擦り寄せると、赤羽根の匂いがした。胸に染み入る、深い森のような彼の匂いだ。どうしてくれるんだと、毛布に噛み付いて彼はその香りに八つ当たりをした。


翌日、表をともなって、片貝はひさしぶりにシェルターに顔を出した。

挨拶を交わすスタッフの顔ぶれに懐かしさを感じる。ここ最近、片貝の人生にとっては怒涛の展開で、もう何ヶ月も、この場所を訪れていないような気分だ。そのせいか、シェルターの雰囲気が以前と違うように感じられた。

「また空き巣が入ったの。今度は犬が何頭も消えて」

その理由を、スタッフの一人が教えてくれた。

「怖い顔をした警察の人が毎日のようにやってくるのよ。物騒よね。急にやめて来なくなったスタッフも多くて……そういえば、毎年寄付をくれていた社長さんいたでしょう？あの人、捕まったんですって。脱税か何かだったと思うんだけれど……優しそうないいおじいちゃん、って感じだったのにね。世の中わからないものだわ」

つらつらと話しかけてくる彼女に、片貝は眉尻を下げた。赤羽根から聞いたことが本当ならば、このシェルターは犯罪者の巣窟《そうくつ》だったのだ。

消えたスタッフや犬は、シンジケートに所属するウェアウルフ達だったのだろう。逮捕されたという社長も、そのクライアントだったのかもしれない。

現行捜査の情報操作のため、シェルターで起こった事件は空き巣とだけ報道され、実態は公表されないとは聞いたが、今まで通りとはいかないだろうことを、片貝は肌で感じた。

シェルターが存続できるようにできる限りの対処はするつもりだが、損失が出るのはどうすることもできない。

今朝出かける前に、赤羽根は、すまなそうに教えてくれた。

シェルターでの犯罪を暴くことで人がいなくなり、活動が制限されて資金も減るのは仕方がないことだ。警察の捜査も、事件の解明のために必要だ。

それなのに、赤羽根は罪悪感があるようだった。それでも、仕事に忠実でいることを優先する彼を、片貝も恨むつもりはなかった。

それほど覚悟をしていたにもかかわらず、シェルターの直面している現実に、片貝はショックを受けた。ここは片貝にとって、教会や聖地のようなものだった。

過去、自分の浅慮な行動で愛犬の信用を失い、さらに不注意で彼を逃がした罪悪感を、保護犬への献身に転嫁することで、罪滅ぼしができた気にさせてもらえる場所だった。その場所を、犯罪で汚されたのだ。善意で成り立つはずの運営に、汚れた金を使わされていた。何も気づかずにここに来て、良いことをしている気分になっていた自分が、ひどく滑《こっ》稽《けい》に感じられる。

「しかもね、ここをやめたスタッフさんに、ウェアウルフが何人もいたらしいのよ。正体を隠して働いていたのね。怖いわ。全然気づかなかったわ」

けれど、スタッフのこの一言に、片貝は過敏に反応した。

「身分を隠していただけで、悪いことをしていたってわけじゃないんじゃないですか?」

「でも実際、空き巣があったでしょう?」

「その人達のせいじゃないかもしれないでしょう? ウェアウルフだと知られたら、そうやって差別的に見られるから、隠していただけかもしれないじゃないですか」

「ええ、まあそうだけど……」

彼女には、片貝がどうしてそんなにウェアウルフをかばうのか理解できないようだ。

彼女が悪い人間ではないことを、片貝は長い付き合いで承知していた。悪意があって、こんなことを言っているわけではないことも。人間社会の、ウェアウルフへの反応は、これが普通だというだけで。

「ウェアウルフだからって、すぐに犯罪者みたいに言うのは良くないと思うんです」

「ええ、そうかもしれないけどねえ……」

　じれったさに、片貝はため息をついた。実際、この施設にいたウェアウルフのスタッフの殆どは、犯罪に加担していたのだ。彼女の推測は間違っていない。けれど片貝は、ウェアウルフは悪ではないと訴えたかった。実証もなく、反論したところで彼女をはじめ、人々の偏見を正すのはとても難しい。わかっていても、もどかしかった。


　その日はスタッフと会話しただけで気持ちが疲れて、犬の世話もそこそこに、片貝はシェルターをあとにした。施設を出てきた片貝に、表が何かあったのかと心配してきたから、よっぽど疲れた顔をしていたのだろう。

　食事も完食できないまま、片貝はソファに沈んで一日を過ごした。うつぶせでクッションに顔を埋めて、鬱々としているうちに夜が更けて赤羽根が帰ってきた。表が一日の出来事を報告しているのを、片貝は頭だけ持ち上げてぼんやり眺めていた。

　心配そうに振り返りつつも表が帰ったあと、赤羽根もソファに腰掛けてきた。彼はおそらく、片貝がシェルターで何を聞いて何を感じたのか、わかっているのだろう。人の心を読み取るのが上手い男だ。

「ベッドで寝ろ。胸を圧迫すると悪い夢を見るぞ」

　尚も片貝が動かずにいると、彼はため息ひとつついて立ち上がり、おもむろに片貝を担ぎ上げてベッドまで運んだ。

「俺は荷物じゃない」

「今の広は似たようなものだ」

　突き放すような台詞を紡ぎながらも、彼は片貝の傍を離れなかった。片貝をベッドに横たえ頭の下に几帳面な仕草で枕を差し込み、顎の下まで毛布を引き上げる。

「ガキみたいに扱うなよ」

「さあ、目を閉じて、体の力を抜いて」

　赤羽根は、その抗議には耳を貸さず、片貝の胸の上を、ぽんぽんと叩く。

「深い呼吸を繰り返すんだ。眠れなくてもいい。それだけでも体は休まる」

　子守唄のような声で囁く。むっとしたものの、有無を言わせない雰囲気の赤羽根に、片貝はしぶしぶ従った。眠る気はなかったのに、赤羽根がそばにいる、それだけで、意識は遠ざかり、心地よい眠気に包まれてゆく。

　夜中に片貝が目覚めると、赤羽根はベッドのはしに座ったまま、上半身だけを倒して眠っていた。折れ曲がった体がさすがに寝苦しいのか、眉間に皺を寄せて、しどけなく唇が開いていた。そういえば、彼が寝ている姿を初めて見た。片貝はしばらく彼の顔を眺めていた。弛緩《しかん》した表情は、いつものようなハンサムではないが、不思議と惹きつけられる。頑張って、苦労して、面倒な居《い》候《そうろう》の世話までして、なおも格好つけて、疲れて寝落ちした顔だ。申し訳なさと愛おしさで、何故だか泣きそうになる。

片貝は、その無防備《むぼうび》な唇に、キスしたいと思った。

ごくごく自然に、そう思った。


「もうすこし腰を落ち着けて住まないか？」

赤羽根に、そう提案されたのは、朝食のテーブルを囲んでいるときだった。

「シンジケートの連中がいつまで君を狙ってくるか、いつこちらが連中の尻尾を掴めるか読めない。俺は居候みたいな状況は居心地が悪いだろう。アパートから家財を持ってくるといい。俺はリビングさえあればいいから、君は寝室を自分の部屋にすればいい。ああ、家賃の心配は必要ない。住宅補助があるから俺もほとんど家賃を払っていないんだ」

最初は提案のはずだったのに、だんだん決定事項のような流れになってきた。それに家賃を払わないなら、居候状態は変わらないのではないかと片貝は思う。けれど片貝はそれを口に出さずに、彼に同意した。

「そうだね、いつまでも家主にソファで寝られるのも心苦しいし。でも、タダっていうのも居心地悪いから、光熱費くらいは払わせて欲しい」

彼がここにいてもいいと許可をくれるのなら、片貝は、それに甘えようと思った。言葉が通じる相手で、赤羽根ほど一緒にいたいと思える相手は、もう二度と現れない気がする。その気持にどんな名前を付ければいいのかは、まだわからない。わかるまででも同じ空間で暮らせたらいい。


同意してから三時間もたたないうちに、さっそく片貝の家財が運ばれてきた。

相変わらず仕事が速い。できれば運ぶ前に仕分けがしたかったが、手遅れだ。大きな家具はベッドと本棚程度しかないが、片貝はあまり物を捨てられないたちなので、無駄なものが沢山詰まった箱は、あっというまに部屋の一角に山を作ってしまった。

「一人暮らしでどうしてこんなに物があるんだ？　読書家でもないようなのに」

赤羽根は不思議そうだった。俺もそう思う、と片貝も同意した。

「直人は荷物が少なすぎるだろう？　だから二人で丁度いい」

それでもなんとなく、悔しいので言い返す。俺だって、スーツケース一つで引っ越しを済ませたい。赤羽根は片貝の反撃に、何故か嬉しそうに、うんうんと頷いていた。

「まあ、要らないものが多いのは事実だよ。ちょっと処分しないとな」

「ということは、今日は部屋にいるのか？」

「そうだね。表くんにも来なくて良いって伝えておいて。あなたもさっさと仕事に行けよ」

忙しいと言っていたくせに、なかなか出ていかない赤羽根に、片貝はわざと冷たく言い放った。もしかしたら休日で、今日は一日部屋にいられるのかも、という期待は隠して。

「そうか、丁度良かった。表も今日は他の仕事があって……だが一人は心細くないか？」

しかしどうやら、仕事は仕事のようだった。片貝は、内心がっかりした気分をこめて、つっけんどんに言い返す。

「あいにく、俺は一人っ子の鍵っ子だったからね。どちらかというと一人のほうが落ち着くよ。特に作業中は、邪魔されたくない」

「そうか……」

赤羽根は、納得がいかない様子だったが、しぶしぶといったふうに踵を返そうとして、急に思いついたようにキッチンに入っていった。なにごとかと片貝が覗くと、彼は引き出しを漁り、見つけたものを片貝に押し付けてきた。

「アーミーナイフだ。護身用くらいにはなるだろう」

それは手のひらにすっぽり収まるほどコンパクトなケースだった。手慣れた様子で赤羽根がそれを開くと、糸切りハサミ、爪やすり、それから小さなナイフがたたみ込まれている。アーミーなどと大層な名前だが、ナイフの刃渡りなど親指ほどの長さもない。

「おもちゃみたいに見えるかもしれないが、この刃は丈夫で切れ味が衰えない」

怪訝そうな片貝の表情を察した様子で、彼が説明する。ボディには有名な軍事用メーカーのロゴが入っていて、見かけよりずっしりした存在感がある。

部屋の中にいるのにナイフを使うことなどないだろうと呆れたものの、片貝はありがとうと微笑んだ。

「じゃがいもの皮むきの練習でもしておくよ」

「それは心強い」

片貝がそれをポケットにしまうのを見届けて、彼は、ようやく安心したように部屋を出ていった。

建物から出ていく赤羽根を、片貝は窓からひっそり見送った。急いでいるのか、小走りで去ってゆく。やはり仕事が押していたらしい。

過保護だなあ、と、ひとりごちた、その声は不思議と甘く部屋に響いた。


運び入れられた段ボールを一つ一つ開けてみては、片貝はうんざりとため息をつく。本当に、生活に必要なものはほとんど入っていない。シェルターや会社でもらったお菓子の包装紙をはじめとして、コンビニでお茶を買ったらついてきたミニカー、色々な店のスタンプカード、同僚が、お土産で買ってきてくれたよくわからない木彫りのキーホルダー、部長が、見終わったからあげると渡してきた海外ドラマのＤＶＤ、寿退社する女性社員が、何故かくれたヒヨコのぬいぐるみ。実家から定期的に送られてくる食材つめあわせの段ボールに入っている母の手紙。ついでに出されたような、メッセージもほとんど書かれていない年賀状の束。前髪が邪魔そうだからとラーメン屋の店主がくれたヘアクリップは少し役に立っていたかもしれない。

こうやって見返してみると、一人で暮らすほうが楽、なんて思い上がりだな、と片貝は思った。こんなにも自分は、人との些細な繋がりの記憶さえ捨てられずにいたのだ。

けれど今は、整理して、せめて引き出し一つに収まるくらいに留めようと思った。他人からすれば気まぐれ程度の心境の変化だろうが、片貝にとっては大きな意識の改革だった。本当に大事なものだけを、すぐ取り出せるように、綺麗な箱を買うのもいい。

そんなことを決意すると、思い切り良く捨てられた。ものが減ると気分が軽くなる。これなら本当に引き出しひとつくらいで間に合うかも、と思って、手をつけた箱の中身に、片貝は息をつめた。そこにあるのは古いクッキー缶だった。

それはベッドの下の奥深くに仕舞いこんでいた思い出だ。中には愛犬ジャックの写真と、古い首輪や診察券等、彼にまつわるものを収めている。彼と暮らしたのは、ほんの数年で、彼のものを片付けたときに、これだけしか残っていないのかと、愕然としたものだった。おかしな収集癖がついたのは、おそらくこれが原因だ。

箱を開けばしばらく思い出から抜け出せなくなりそうで、そのまましまい込もうとも思ったが、ふと記憶の端に引っかかるものがあり、片貝はその蓋を開けた。

中身はほぼ、片貝の記憶通りだった。古い首輪と一枚の写真。それから一枚の、どこの国のものでもないコイン。

それはジャックを拾ってきた日のことだった。弱った彼を動物病院につれていった。獣医が彼の口を診察しているとき、えづいた彼がこれを吐き出したのだ。

喉に詰まっていたのではなく、口に含んでいたようだと、獣医は教えてくれた。もしかしたら元の飼い主のものかもしれないからと、警察に迷い犬として報告するさいに、持ち物として補足をつけたからよく覚えている。

片貝はコインを明るい場所でまじまじと観察した。そしてそれに、ウェアウルフの居住区で見た、『怖いひとたちのもの』にそっくりなマークが刻まれていることに気がついた。

ただの偶然だろう、と、最初は考えようとした。けれど嫌な予感が胸に渦巻いていて、どうにも忘れられそうになかった。


一人で部屋にいる片貝が心配だったのか、その日の赤羽根の帰宅時間は早かった。

「そろそろ明かりをつけたほうがいいぞ」

目が悪くなるから、という声とともに、夕日に赤く染まった部屋が白く色あせた。片貝は、ずっと同じ姿勢で床に座り込んでいたせいで、痺れる足をなんとか踏みしめて立ち上がると、赤羽根にコインを差し出した。手のひらに乗った、僅かな重みを主張するそれは、経年で劣化して黒ずんでいるが、もともとは鈍い銀色に輝くものだった。形がわずかに歪《いびつ》なのは、おそらく工場での量産品ではないからだと思う。スロットなどのゲームで使うような安っぽさは感じない。だが片貝が調べてみた限りでは、こんな図案を使っている通貨はなかった。

「このコインの模様が何か知っている？」

「さあ、知らないな」

彼の返事はいつもと変わらないが、片貝は、彼が嘘をついたのがわかった。W地区に、ひんぱんに足を向けているらしい彼が、知らないはずがないのだ。

「そうか……見覚えがある気がするんだけれど」

「土産物かなにかか？」

「まあ、そんな感じ」

片貝の経験では、ばれるとわかっていて嘘をつくのは、不意打ちをされて動揺したときだ。赤羽根も同じかどうかはわからないが、少なからず驚いているはずだ。心なしか、いつもよりも動作がぎこちない。

最初のころ、ポーカーフェイスだと思っていた赤羽根の表情も、慣れてくると、感情の動きが雰囲気で感じられる。片貝には、それが自然と、わかるようになってきた。

夕食をとったあとも、片貝は荷物整理を続け、半分以下にまで減らした。さらに、彼は不要になったものの中から、買ったけれどほとんど着なかった服や、一応揃えてみたものの使っていないキッチン用品などをまとめて箱に詰め直した。

「この中で、使えそうなものはないかな？　失礼にあたらなければ、岩根さんの家族に譲りたいんだけど」

箱の中身を赤羽根に見せると、彼はふむ、と、しかつめらしい調子で顎を撫でた。

「洋服は使うかもしれない。子どもの服がすぐに着れなくなると零していた。キッチン用品はどうかな。聞いておこう」

「それから、俺、また岩根さんたちのご家族に会いたい。前回行ったとき約束を破ったけど……今度は仕事についていくわけじゃないし、もう危ないことはしない。だめかな？　直人と行くのが無理なら、表くんにお願いしたい」

「居住区にか？　最初はあんなに怖がってただろう？」

「子どもたちと仲良くなったんだ」

片貝は精一杯、本当の目的には気付かれないようにふるまった。彼が、W地区で見たマークと、ジャックの持っていたコインの関連性について調べたがっていることに、すでに赤羽根は気付いているのかもしれない。だが、何となく、言いたくなかったのだ。

「ちゃんとさよならも言わずに帰ってきたから心残りで」

「子ども好きだとは知らなかった」

赤羽根はわずかばかり、彼を見定めるような調子だったが、まあ、かまわないと許してくれた。仕方ないな、と眦を緩める彼は、どことなく切なげだった。


赤羽根は三日後にW地区へ行くセッティングをしてくれた。忙しい中で大変だっただろうと片貝が言うと、そうだな、と彼は否定しない。

「ただし、もう勝手にいなくなるなよ」

どうやら、根に持つタイプのようだ。


片貝の古着も、使わないフライパンや鍋も、岩根一家に歓迎された。一人暮らし用の小さな鍋も、家族ぶんの料理を作るのには小さいが、子どもたちに料理を教えるのには丁度いいらしい。古着は丈を直せば充分使えるそうだ。感謝する彼らにまごつきながらも対応したあと、片貝は、期待に満ちた顔でまわりに集まってきた子どもたちに話しかけた。

「少し外で遊ばないか？」

「いいよ！」

「おい」

大喜びする子どもたちに、赤羽根が渋い顔をする。

「ちょっとだけ。危ない場所には行かない。子どもたちと一緒だし。頼むよ直人」

「……一時間だけなら」

名前を呼ぶと、彼はやはり片貝の頼み事に弱くなるようだった。

「わかったよ。まるで過保護のお父さんみたいだな」

「煽《あお》っても駄目だ、一時間だけ」

頑固な赤羽根に苦笑しながらも、片貝は子どもを連れて外に出た。そして家を離れたところで、しゃがみこみ、声を潜める。

「誰にも秘密にしたい頼み事があるんだけれど、聞いてくれる？」

突然の頼み事に、子どもたちは戸惑って顔を見合わせる。

「あ、悪いことじゃないよ。ただちょっとね、しばらくのあいだ秘密にしておいて、赤羽根を驚かせたいだけなんだ」

「誕生日のプレゼントとか？」

子どもの一人が目を輝かせて尋ねてくる。

「ん、まあ、そんなところかな。誕生日ではないんだけれど。サプライズがしたくて」

後ろめたいながらも誤魔化して、片貝は微笑んだ。

「だったらいいよ」

「ありがとう。このあたりで一番物知りの人は誰？」

子どもの笑顔が申し訳なくて、目を逸らしながら片貝は尋ねた。

「それなら三軒先のじいちゃんせんせいだな。いつも俺らに勉強を教えてくれるんだ。怒ると怖いけど、普段は優しいじいちゃんせんせいなんだ」

「俺を彼に紹介してくれないかな」

「うん、いいよ」

彼らは二つ返事で了承すると、片貝をその家まで連れていってくれた。


子どもたちがじいちゃん先生と呼んだ人物は、白髪の物静かな男だった。若いころはどこかのレストランで給仕をしていたらしく、優雅な物腰で、客人のために紅茶をいれる仕草も洗練されている。ただ、落ち窪んだ目は猛禽類《もうきんるい》のようで、ぎょろりと見つめられると、迫力があった。

「何か私に聞きたいことがあるようですが」

テーブルの向かいに腰掛けた彼に、片貝はさっそく、ポケットに隠し持ってきたコインを見せた。

「これが何に使われていたのかを知りたいのです」

「これをどこで？」

彼は驚いた様子を見せなかったが、まるで室内に見えない糸が張り巡らされたように、雰囲気が、ぴんと緊張する。

「このコインは、俺の古い知り合いの持ちものです。俺と彼とは昔、親しい間柄でした。ですが、彼は今、行方不明なんです。先日、この地区に着た時、通りで見かけたマークが、このコインの模様と良く似ていたもので。もしかしたら、物知りのあなたなら、彼がどこに行ってしまったのか、ご存知ではないかと思って」

「そうですか」

彼はそれを手に取り、しばし逡巡してから、重々しく口を開いた。

「これは、昔、とある組織が、仲間同士の合図に使っていたものです。あなたは人間のようですから、これをお伝えするのは我々の恥ですが……我々のなかには、あなたがたとの共存を良く思わない集団があるのです。たちの悪い連中です」

「悪いというのは、ギャングとか？」

遠慮がちな問いかけに、彼はゆっくりかぶりをふり、悪い連中です、と繰り返した。

「あなたの古い友だちが、どういう経緯でこれを入手したのかはわかりませんが、もし、以後、彼があなたに連絡をとってきても、会わないほうが賢明です。あなたの見たという、この文様が書かれていた通りは、恐らく連中が集会を行った場所でしょう。昔、この界隈が荒れていたころ、連中は大きな仕事が入ると、自分たちの力を誇示するように、街中のいたるところに、この印を記したのです。今はさすがに、そのような派手な活動はしていませんが、若い連中が、悪戯で印を書き足すので、消えていないのです。恥の歴史です」

「……今は、その組織は無くなったのですか？」

「残念ながら、まだ」

　彼はゆるゆるとかぶりをふった。

「何度も取締がありましたから、表立った行動をとることはなくなりましたが、結局連中が地下に潜むようになっただけです。人員は減少したと聞きますが、思考は更に先鋭化が進んでいると聞きます」

「俺の古い友人が、その連中の仲間である可能性もありますか？」

「可能性は高いです」

　申し訳なさそうに、けれど容赦なく、彼は答えた。

「そのコインは通行証のように使われているものです。彼らは訓練を受けていますから、まず紛失するような失態は犯さないと思います」

「俺の友人はこれを置いて出ていった」

「組織を抜けるつもりだったのかもしれませんね」

　含むものを感じて、片貝はおそるおそる口を開いた。

「他の可能性は？」

彼は老いた目を見ひらいて、片貝の顔を見た。

「このコインは銀でできています。人間の伝説では、人狼は銀の弾丸で死ぬと言い伝えられていますが、実際はそのようなことはありません。しかし彼らはそれを逆手にとり、死を恐れず不死身の象徴として、人間への宣戦布告として、このコインを持つのです」

つまり、と彼は言う。

「彼らにとって、このコインを失うことは、死ぬことと変わらないのです」


何からまず、考えればいいのか。

先生の家から出てきたときの片貝の様子は尋常ではなかったようで、迎えに来た子どもたちが戸惑っていた。なんとか取り繕おうとした言葉がからまわっているのも、自分でもわかっていたが、もはやどうしようもなかった。

岩根家で待っていた赤羽根も、岩根家の家族も、片貝や子どもたちの様子に、何かがあったことを察したようだが、問い詰めてはこなかった。

「ありがとう、またこいつと遊んでやってくれ」

それどころか、戸惑っている子どもたちの目線に合わせてしゃがんだ赤羽根は、彼らに優しく微笑んで、片貝のフォローをするようなことを言う。

赤羽根は、この展開を予想していたのかもしれない。片貝は、鈍い頭で考えた。

ジャックが、子どもたちや、あの老人の言う『たちの悪い連中』の仲間だったとしたら。ジャックは犯罪者のウェアウルフだということになる。しかも、現在、警察がマークしている組織の一員だった可能性がある。

だとしたら、できすぎではないだろうか。

犯罪者のウェアウルフと接触があった自分が、あの日、警官である赤羽根に出会うなどということが、偶然に起こるだろうか。


一晩中悩んで、片貝は翌日、赤羽根と入れかわりにやってきた表に、コインを見せた。

「この印を使っている組織は、あなたたちが追っている組織と同じものなのか？」

率直な質問に、表はあからさまに目を泳がせた。やはり彼は、警官には向いていないのではないかと思う。赤羽根にこのコインを見せた時には、もっと上手くやってみせた。

「それは、俺の口からは何とも」

とりつくろって真顔になっても、イエスと言っているようなものだ。

「そうか」

片貝は、リビングのドアを開けて、彼をうながした。

「出ていってほしい。一人で考えたいことがあるんだ」

「片貝さん」

「お願いだから。怒りたくないんだ」

　困った顔でおろおろしている表を、片貝は可哀想だとは思わなかった。ただの誤解だとか、思い込みだとか、そういうふうに考えられる余裕はなかった。騙したくせに。皆で俺を騙していたくせに。そう叫びたいのを堪えるので精一杯だった。


「この印を使っている組織は、あなたたちが追っている組織と同じものなのか？」

　夜遅くになり、戻ってきた赤羽根に、片貝は先程と同じ質問を繰り返した。

　再び差し出されたコインを眺めて、赤羽根は先日とは違う返事をした。

「そうだ」

　簡単な、一つの言葉だ。彼はもはや、片貝が全て知ってしまったことを悟っているようだった。逃げも隠れもしない落ち着いた態度が、片貝の神経を逆撫でした。

「俺に目をつけたのは、どうやって？」

　震える声で尋ねる。彼は感情を消し去ったまなざしで、片貝をじっと、まるで記憶に刻み込むように眺めたあと、静かに話しはじめた。

「俺は、暗殺の標的になっている要人を狙いそうなシンジケートを調査していた。その過程で、アニマルシェルターを使ったウェアウルフたちの犯罪取引が浮かび上がってきた。

疑わしい施設を洗い出すため、寄付者リストに目を通しているとき、自分の稼ぎの殆どを、施設に寄付している男を見つけた。それが君だ」

ぱたりと目を伏せて、赤羽根は彼から目を逸らした。

「引っかかりを感じて、君を調べていると、迷い犬の届け出のアーカイブに、君が幼いころ保護した犬を引き取った記録があった。犬がその数年後失踪したことも探し当てた。それで思い出したことがあった。十数年前の事件だ。ちょうど君の犬が失踪した時期、ウェアウルフの起こした暗殺未遂騒動があった。実行者は腕利きのヒットマンだったが失敗したため、大したニュースにもならなかったが、どうも不明点が多くて、俺の記憶に残っていた。君の飼い犬の特徴を調べると、件のウェアウルフのそれに一致していた。それで、俺たちは……これは違法なことだが、君の自宅に一度忍び込んだことがある。そこで君が保管していた古い首輪とそのコインを発見した」

まるで報告書を読むような、淡々とした告白だった。

「首輪についていた毛の一部は古くてDNA鑑定では特定にいたらなかったが、コインが決定的だった。君が昔、犯罪者を匿っていたという証拠のね。事件当時、君は十代のなかば。若いが、分別がつかない年齢ではなかった。それから俺たちは君を見張りはじめた。君の生活は非常に単調で、唯一熱心なのがシェルターでのボランティア活動だった。俺たちはもう一度、そのシェルターを調査しなおした。そしてそこで、犯罪の裏取引が行われている証拠を掴んだ。君が今でも組織と関わりがあるのかもしれないと疑ったのはそのせいだ。だから俺はあの日、君に接触した。ただ、最初の接触では、君はシロに思えた。もう会わないつもりだったが、その夜に、鍛冶からデータの売り込みがあった。さらに、鍛冶をシェルターに持ち込んだのは君だった。偶然かどうかはわからないが、君を傍に置いた方がいいと感じた」

「つまり、俺があなたに会ったのは偶然じゃないってわけだ」

「……捜査中は、いつもならもっと目立たない格好をしている」

　気まずそうに、赤羽根が言った。

「言われてみればそうだな」

　片貝は鼻で笑った。そういえばあの時、赤羽根の追っていた犬も、最初は怯えていたように見えたが、車の下から出てきたあとは赤羽根が傍にいても怖がってはいなかった。おそらくあらかじめ用意されていた、訓練された犬なのだろう。

「俺を口説いてきたのも演技だったわけだ」

「確かに最初は演技だった。君には同性愛者の傾向があった。異種愛者だったのは見落としていたが」

　赤羽根は残酷なまでに正直に答えてくる。

「でも今は本気で君が愛おしいと思っている」

「そんなことが今更信じられると思うか？」

片貝はこわばった笑顔で言い返した。

「信じられないだろうな。だが事実だ」

「やめてくれよ！」

急に感情が爆発して、片貝は叫んだ。もう何もうまく考えられないのに、口ばかりが先走る。

「騙していたんだろう？　何もかも騙していた！　そのせいで俺は仕事を奪われて危険にさらされて、もうめちゃくちゃだ」

「仕事は奪ってない」

「黙れよ！」

片貝は彼に詰め寄った。

「騙しやすい俺を手の中で転がすのは楽だっただろう？　犬とのファックを妄想してオナニーしている変態だと、裏では嘲笑《あざわら》っていたか？」

「そんなことは思わない」

「あなたが言うことを、いまさら、俺が信じると思うのか？」

「どうすればいい？」

胸ぐらを掴まれても、冷静さを失わない赤羽根が腹立たしかった。

赤羽根になら、騙されてもいいと思っていた。だが、愛犬のことにまで絡むなら事情が変わる。ジャックとの日々は、片貝にとって、一番デリケートな思い出だ。ジャックがどれほど大事な存在だったのか。片貝は赤羽根に教えていたのに。それでも平気な顔で、あまつさえ受け入れたいなどとうそぶいて、騙し続けていたなんて。そう思うと、とうてい許せなかった。強い気持ちは、憎しみにも似て、片貝の理性を失わせ、残酷にした。この動じない男の面の皮を剥ぎ取ることができれば、きっとひどく気分がいいだろう。

「対価を払ってくれよ」

だからそんな取引をもちかけた。

「対価?」

「俺がこれだけ騙されても侮辱《ぶじょく》されても、かまわないと思えることは一つしかない」

「それは何だ?」

「聞くまでもないだろう?」

片貝はぎこちなく唇を釣り上げた。

「俺は犬とファックしてみたい変態だ。あんたは犬になれるんだろう? 犬の姿で俺に突っ込んでみろよ」

「嫌だ」

彼はすぐに拒絶してきた。その強さに、片貝は心臓を直接殴られたような痛みを覚えた。

「どうして？　俺を前に勃起だってできたじゃないか。あんたなら、演技でだって勃たせることができるだろう？」

　思わず、すがるような口調になったが、もはや構ってはいられなかった。どうしても、彼に、それをさせなければ気が済まない。

「君を傷つけることになる。人間では受け入れられるようなものじゃない」

　赤羽根はあくまで冷静だった。冴え冴えとしたその双眸に射抜かれると、片貝のほうが追い詰められたような気分になって、思考がままならなくなる。

「なんだ、それは自慢なのか？　いいから見せてみろよ」

「断る」

「どうすればいいと、聞いてきたのはあんただ。偉そうに拒絶する権利があると思うのか？」

「それでも、無理なものは無理だ」

「直人、お願いだから」

　決然と拒絶する彼の目が、片貝に名前を呼ばれただけで、僅かに揺らいだ。

「頼むよ、俺のことが……少しでも可哀想だと思うなら」

　奥歯を噛み締めて、片貝は俯いた。腹を立てているはずなのに、同時に、ひどく悲しい。

「……わかった」

しばらくしたあと、赤羽根が答えた。

「言う通りにする」

そう言うと、行動は早かった。彼はその場で、潔く服を脱ぎ、片貝の足元に跪いたのだ。

「なおと」

戸惑う片貝の前で、彼はうつむいて顔を隠した。赤羽根の体の変化はすぐに現れた。彼の指が縮みながらざわざわと音を立てると、背中から腕にかけての体毛の一本一本が、まるでそれ自身に意思があるかのように伸びはじめた。耳がつりあがり、口が裂け、鋭い犬歯が覗く。鼻筋が太く、長くなり、長い舌がだらりと下がる。全身の筋肉を、激しく痙攣させながら、その姿は作り変えられてゆく。

ばき、ばき、と背骨が盛り上がり、ぐう、と、赤羽根が低い声を出す。それは、苦痛のうめきだった。変身するのは痛みを伴うのだと、片貝は気がついた。

伸びた爪が床に傷をつけ、ひらいた口からは長い舌が垂れ下がる。白目がなくなり、首まわりが豊かな被毛に覆われる。次に漏れたうめきはすでに、獣のものだった。

体を折り曲げ、そのあばらの浮く脇腹が、何度も激しく、えずくように波打ったあと、ゆるゆると四本足で立ち上がった。その姿は、片貝の胸までもある巨大な犬の姿だった。グレーの毛並みと、どこか淋しげなアンバーの目だけが元のままの。

なんて綺麗な犬なのだろうと、片貝は心が震えた。

「直人」

手をのばし、彼の首を抱きしめる。彼の頭を撫でた時のような、柔らかな毛並みが頬をくすぐる。

「ベッドに行こう。用意は俺がするから」

片貝がベッドを指差すと、彼は、もはや抵抗しなかった。みずからおとなしくベッドに移動すると、犬のようにそこに座って、片貝を待っていた。その様子に、片貝は胸を刺されたような気分になった。

武田に襲われた時のことを考えると、赤羽根はこの姿でも喋れるはずだった。けれど、彼にはそのつもりはないようだ。おそらく、彼は犬に徹するつもりなのだろう。吠えることしかできず、どこまでも主人に従順な、一頭の犬に。

片貝は彼の頭を優しく撫でた。赤羽根は耳を伏せ、控えめに尻尾をふってみせさえした。

段ボールの中から、片貝は工具箱を取り出した。その中には、いつも一人で慰めているときの道具の数々が、幸いにも無事な状態で収められたままだ。片貝は服を脱ぐと、赤羽根の隣に腰掛けた。彼は一度小さく唸ってから、片貝の顔に鼻を押し付けた。片貝が舌を出すと、彼はその大きな薄い舌を器用に使い、ちろちろと舐めてくる。

「んっ」

促されるまま、口を大きく開けると、そのまま舌が滑り込んでくる。うまく動かせないのか、もどかしそうに、鼻筋に皺を寄せている。片貝は、ゆっくりと顎を動かして顔の角度を変えてゆき、彼の大きな口から流れてくる唾液《だえき》を飲み込んだ。それから片手で赤羽根の口の、鋭い牙をたどり、顎の下の毛皮を愛撫する。もう片方の手は自分自身の足の間にすべらせて、キスだけで芯を通しつつある自分の欲望に施《ほどこ》した。

「はあ……」

口を離して、片貝が喘ぐと、赤羽根は彼の片手がどこで何をしているのか気がついたらしい。片貝が無意識に反らした胸に鼻を寄せ、何度が嗅ぐ仕草をしてから舌を伸ばし、その先端で主張する、ちいさな突起に舌を這わせた。

「あっ」

思わぬ刺激に、片貝は高い声を上げた。大きな犬の姿の彼が、ぺろぺろと熱心に乳首を舐めている。まるでそこから甘い汁でも出ているかのように。片貝は自慰のときにはあまり胸を使わない。けれど、そのむずがゆいような刺激は、決定的な快楽にはいたらないものの、体を芯から溶かすように切なくする。もっと強い刺激を求めて、赤羽根の舌にこすりつけるように体をねじると、不随意に、自分の後ろがぎゅっと収縮するのがわかった。

片貝は傍に置いた箱の蓋を外し、ローションを取り出した。もう後ろが物足りなくなってきていた。指を濡らし、腰を浮かす。窄《すぼ》まりに指を這わせると、それだけで、寒気のような期待に、ぶるりと震えた。

慎《つつ》ましく息づくそこに、まずは拡張用の器具を押し当てた。先端の尖った卵のような形のシリコンに、内側の熱さと柔らかさがからみつくのが自分でもわかる。発情した軟体動物のように、いやらしい動きをしている。片貝は、我慢ができず、そこに指もねじ込ませ、内部をかきまわした。何度もそこで得た快楽を覚えている体は、もっと奥への刺激を望んで、引き込むようにうねりだす。届かない場所が疼くのがじれったくて、もう一方の手で尻の肉を割るようにして掴んで、大きく足を開いた。そしてあの、長くて太いディルドをはめているときのように奥を締めると、ぐちり、と体の中から音がした。

いつのまにか、胸から顔を上げた赤羽根が、その様子を眺めていた。

「っ、あ、見るな」

自分でやっておきながら、恥ずかしくて片貝は目を閉じた。けれど指の動きは止めなかった。見られていると自覚した途端に、体がかっと熱くなって、腰が揺れて、止められなかった。荒い鼻息が下腹部にかかり、目を開けると、赤羽根が、赤く腫れて揺れる片貝の屹立を、ちょうど咥えるところだった。

「はっ、あっ」

彼の犬歯が、亀頭に軽く当たっただけで、片貝は絶頂した。びくびくと腰を震わせながら、白濁を撒き散らす。赤羽根は急に口の中に発射されたことに驚いた様子もなく、いまだ震えるそれを、丁寧に舐めていった。

「あっ。だめ、だめだ」

達したばかりのそこへの刺激に、片貝はかぶりをふって体を丸めた。抵抗しようとのばした手は、全く力が入っておらず、まるで彼の頭をかきまわしているだけのようになった。

赤羽根は、その大きな前足で、片貝の両足を押さえ込んで、大きく開かせる。

「あ、あっ！」

出るものもなく、びくびくと跳ねる性器の先端から、やがて泣いているような透明な汁が溢れる。とろとろと溢れるそれを、犬の大きな舌が丁寧に舐め取ってゆく。

「あ……」

やっと満足したのか、彼がそれを解放してくれると、片貝はぐったりと脱力した。強い刺激で滲んだ視界の中で、赤羽根が大きな体を起こして、片貝の足の間に移動する。彼の立派な尻尾が、ぴんと立った三角耳の向こうで、ゆらゆらと揺れている。

「ふあっ」

つかのま、ぼうっとしていると、ふいに足の間、その奥に濡れた感触が触れた。びくりと顔を上げると、赤羽根は、またもや股の間に鼻先を突っ込んでいた。濡れた鼻で陰嚢を押しのけて、会陰をぐいぐいと押してくる。

「あっ、ちょっ」

失禁するかと思うような鋭い刺激が駆けぬけて、片貝は思わず腰を上げた。その隙を逃さず、彼は片貝の尻の間に前足をすべりこませて隙間をつくると、あろうことか後孔をぺろぺろと舐めてくる。

「……！」

あまりのことに、声も上げられない。まるでそこから、美味しそうな匂いの肉汁でも溢れているかのように、彼は無心に舌を動かしてくる。

「いやっ、ダメだって汚い！」

片貝が暴れれば暴れるほど、赤羽根は遠慮なくその大きな鼻先で敏感な部分を押してくる。同時に、片貝の腰の下にすべりこませた前足を立ててくるから、とうとう片貝は二つ折りで、まるで赤子がおしめを替えられているときのようなポーズになってしまった。

「やだっ、恥ずかしいだろ！」

抗議しても、彼は耳を貸さない。自分がどれほど情けないポーズをしているか想像するだけで、片貝は顔から火が出そうだった。同時に、そこを、まさに犬のように舐められている光景に、目眩がしそうなほどに興奮していた。やがて赤羽根がその口に何かを咥えて、片貝の腹に落とした。それは先程まで使っていた拡張用の器具だった。

「もういい、もういいから……！」

片貝は必死で彼を引き剥がすと、仕返しに、赤羽根をひっくり返そうとした。彼は腹を見せるのを本能的に嫌がったものの、欲情して攻撃的な目をしている片貝に、しぶしぶといったふうに転がってみせた。彼の柔らかな灰色の毛並みの、特に羽毛のような手触りのする下腹部から、赤い突起が覗いている。敏感そうなその腫れた色に、引き寄せられるように、片貝はかがみ込んでそこを口に含んだ。

ぐるる、と、赤羽根が唸る。やめろと言っているようだったが、片貝は聞き入れなかった。自分の舌と指で、彼のそこを必死で刺激する。赤羽根自身は気が進まない様子だったが、彼のそこは片貝の欲望に素直に反応した。やがて体内にしまわれていた赤い性器がすべて現れると、片貝の口の中で、どくどくと脈打って震えはじめた。

片貝は、自ら四つん這いになって赤羽根に尻を向けた。

「挿れてくれよ」

自分で自分の尻を割り開いて彼は誘った。赤羽根の息が、ひくつく孔にかかる。それだけで、奥までの期待でどうにかなりそうになる。

「挿れてくれよ！」

恥ずかしさと興奮で気が変になりそうになって、片貝は叫んだ。泣きそうだった。このまま赤羽根が呆れて、背を向けたら、絶望で息が止まるだろうとすら思った。

くん、と赤羽根が、優しい鼻声を出した。もういいだろう？　と言っているようだった。

全然良くないと片貝は思う。同情が欲しいわけではないのだ。あなたを傷つけたいのだ。

やがて、片貝の背中に、重く熱いものがのしかかってきた。

爪で体を傷つけないように窮屈《きゅうくつ》そうに前足を折り曲げながら、赤羽根が、片貝の腰をはさんで、乗り上げてきたのだ。毛皮に包まれた熱い体が密着すると、片貝は安堵で、より体の熱を上げた。片貝が後ろに腰を押し付ける動きをすると、赤羽根の濡れた先端が、片貝の、充血したそこに触れる。片貝は後ろ手に、赤羽根の茎を掴んだ。錆《さ》びた鉄のようにごつごつして硬い。ディルドとは全然違う。こんなものを挿れたら、内臓に穴が開くんじゃないか。まるで現実感なくそう思った。もちろん、引き下がろうとは思わなかった。

片貝は深く息を吐き、いきみながらそれを自分の窄まりにあてがって、ゆっくりと押し入れていった。

先端は、比較的スムーズに挿入できた。しかし、根本に行くにしたがって、どんどん苦しくなり、入り口が焼けるような痛みを覚える。

ぐる、と、赤羽根が喉を鳴らし、首筋を軽く噛んできた。無理はするな、と伝えたかったのだろう。片貝は、意地になって、無理に腰を進めた。

「くっ……」

痛い。

冷や汗が滲んで、体を支える腕が震える。温かい舌が、片貝のひきつる肩を舐めた。欲情を煽るようなものではなく、慰撫《いぶ》するような仕草だった。

「いいから動けよ！」

片貝は叫んで、のしかかる彼の後ろ足を叩いた。彼はそれに従って、ゆるゆると動きはじめた。僅かな動きだったが、片貝は息を詰めた。内臓が引きずり出されるようだった。片貝は、自分の屹立を乱暴に扱いて、少しでも快感を得ようとした。痛みのうちに快感のもとを見つけられないわけではなかったのだが、初めての他人との交合で、緊張しているのか、うまく感覚をつかめなかった。

「動け……動け」

それでも片貝は、うわ言のように繰り返した。ぐっと、奥に突き入れられて、片貝は耐えきれずに腕を折ってシーツに伏した。

「もっと……動いて」

いかにも気が進まないといったふうに鼻を鳴らしながらも、赤羽根は、言われるままに、ゆるやかに腰を揺すった。結合部から、ねちねちと、ねばついた音が響く。痛みは増すばかりで、気持ちよさとは程遠いはずなのに、今、赤羽根と繋がっているのだと思うと、それだけで、ずっとこの瞬間が続いてくれればいいと願った。

終わったら、きっともう、赤羽根とも終わりだ。

気の進まないセックスを強要され、彼もうんざりだろう。顔も見たくないかもしれない。悲しいな。と、片貝は思った。

今まさに、体は彼とつながっているのに、片貝は寂しくて寒かった。

次第に意識に膜が張ったようになり、痛みが遠ざかってゆく。

そして片貝はそのまま、気を失ってしまった。


ふと、気がつくと、隣に大きな影があった。

部屋は暗く、月の光だけが、ぼんやりと室内の輪郭を浮かび上がらせていた。

「直人」

片貝は隣の影に呼びかける。それは鼻を鳴らして片貝に寄り添ってきた。

深い森を思わせる匂いがする。赤羽根はいまだ犬の姿のまま、片貝を見守ってくれていた。その姿に、不器用な赤羽根の、精一杯の心遣いに触れたような気がした。首筋に顔をうずめると、ふかふかと柔らかく、そのぬくもりに涙がこぼれた。

俺は、大事な人を傷つけてしまった。いつもそうだ。俺は自分の欲望のために、好きな人を傷つける。


次に目を覚ましたときには、窓の外には朝が来ていて、赤羽根の姿はどこにもなかった。

テーブルの上には手帳をちぎったような紙に、赤羽根からの書き置きが残されていた。

片貝はだるい体を起こして、なんとかソファまで移動した。足の間の違和感がひどかったが、動けないほどではなかった。体は綺麗にされていた、昨日の名残は、体の痛み以外には、部屋のどこにも見つけられなかった。

書き置きには、意外に下手くそな字で、片貝の内臓は傷ついていなかったが、痛みがあるなら病院に行くように、痛み止めでごまかさないように、ということと、赤羽根はしばらくこの部屋には戻らないこと、嫌かもしれないが事件が解決するまではここに居て欲しいこと、何か不満があれば表が全て手配してくれるように頼んでいるということが、三枚に渡って書かれていた。

『鍋の中にスープがあるから温めて飲むように。冷蔵庫にサンドイッチもある。ヨーグルトにかける蜂蜜はコーヒー・ミルの上の棚に何種類か置いてある。喉が痛いなら、ローズマリーか、マヌカの蜂蜜をおすすめする』

書き置きの最後は、そんなふうに締められていた。

「あんたは俺の母親かよ」

ひとりごちながら、彼はキッチンに足を踏み入れた。コンロに火をつけて、冷蔵庫からサンドイッチを取り出す。白いパンに挟まれている具材は、優しい色のゆで卵だった。それは几帳面なほど均等に生地に挟まっていた。

ふつふつと、鍋が鳴ると、食欲をそそる匂いが片貝を優しく包む。

ふいに、胸が痛み、息が詰まった。涙は出ないかわりに、目の奥がひりひり痛む。悲しみと後悔と、そして赤羽根の優しさを踏みにじった、自分自身への怒りがないまぜになって、片貝を責め立ててくる。

本当は、わかっていたのだ。赤羽根がどうして、ジャックのことを秘密にしたのか。頭の切れる彼はとっくに、片貝が何も知らないことに気付いていたはずだ。その上で騙し続けていたのは、任務のためだけではなく、赤羽根の個人的な優しさで、片貝の、美しい記憶を守るために嘘をつき続けることを選んだのだろう。愛していた相手が本当は人殺しで、姿を偽っていたなどと、そんなこと、誰だって知りたくない。そういう不器用な気遣いをする男だと、わかっていたのに。

もし赤羽根が、この美しいサンドイッチをを作っているときに、片貝が目覚めていたら。そして勇気を持って、赤羽根に話しかけられていたら。もう少しは、ましな気分で、この朝食の贈り物を喜べていただろうか。

そんなことを考えながら、片貝はじっと、真っ白な皿を眺めたまま動けなかった。

「やっぱりまだ怒っていますよね」

玄関口に迎えに出た片貝の機嫌を、窺う上目遣いで尋ねる表に、無神経な奴だな、と片貝は思った。

「怒っているって、それは俺に聞かないとわからないこと？」

部屋へ招きいれつつも、冷たく言い返してから、どこかで聞いた台詞だな、と思う。

表がしょんぼりとうなだれる。垂れた尾が見えそうな落ち込みぶりだ。

あれから三日が経過した。部屋のインターホンを押すのは表ばかりで、赤羽根は一度も帰ってきていない。連絡もない。

さすがに不安になった片貝が、表に尋ねると、先輩は忙しいのだと言葉を濁した。

一度、任務につくと、連絡がとれなくなることは、警察のなかでも秘密裏に動くことの多い彼らの部署ではよくあることらしい。それは良いサインでもあって、例えば犯人の最重要証拠になりそうなものに辿り着いたとか、重要人物に接触している可能性が高いのだという。緊迫した状況下で、彼らは仲間との連絡を極力控える。どうしても必要な伝達事項がある場合のみ、公衆電話や手紙、直接会っての暗号の受け渡しなどの、アナログな手法で情報を伝えるそうだ。

「スマートフォンは便利ですが、ハッキングされたら終わりですからね。ＧＰＳとかですぐに場所が特定されてしまいますし」

表は聞いてもいないことも教えてくれる。相変わらず賑わしいが、空元気だ。

「なあ、本当に赤羽根は無事なのか？」

「……元気にやっていますよ先輩は忙しいですからね。あ、そろそろ夕食の準備をしますね肉厚なキノコがあったから、グラタンにしようかと思って」

あきらかにぎこちなかった。片貝は目をすわらせた。彼は何かを隠している。

「嘘つき」

「え」

いそいそとエプロンを結ぶ表の手が止まる。

「表くん、嘘をついてるだろう？　赤羽根は無事なのか？　本当にそう言える？」

片貝は、尋問するように言葉を重ねた。表の顔を覗き込むと、彼はふいと目を逸らした。

「目を逸らすのは、後ろめたいことがあるからだ」

「なんだか最近、片貝さん雰囲気変わりました？」

「質問に答えて」

詰め寄ると、表は両手を上げて、降参のポーズをとった。

「わかりました、すみません、でも嘘はついてないです」

「じゃあ何」

彼はうろうろと、うまい逃げ道を探していたけれど、片貝が決して視線を逸らさないので、ついに諦めたように口を割った。

「無事だとは思っているんです。本当に」

「思っているって？」

「……二日前から消息が掴めなくなっているだけで」

　片貝は息を飲んだ。

「でも片貝さんには、先輩に何かあっても何も伝えるなって言われているんで」

「もう聞いちゃったよ」

「そうですよね……」

　しおしおとうなだれる彼に、片貝はため息をついた。

「それで、今どういう状況なの？　君だって、先輩が心配なのに、グラタンなんて作っていたくないいんだろう？」

「そりゃ、まあ……でも俺は片貝さんを守るのが任務なので」

「俺と一緒なら、外に出かけられるだろう？」

　そそのかすと、図星だったのか彼は比較的あっさりと打ち明けはじめた。

「最近、シンジケートの連中の動きが不穏でして。武器を揃え始めていると情報が入ってきたんです。しかも、結構な量。鍛冶が持ってきたリストのメンバーの所在も、半数以上は把握できてない状態ですし、ここで大胆な作戦が必要じゃないかって、赤羽根先輩が提案したんです。それで先輩が、暴力団の幹部になりすまして、シンジケートと接触をはかることになりました。先輩のいる組が、鍛冶を保護していて、データを持っているから取引しないか、って感じに。シンジケートはいまだ、鍛冶が警察と取引をしたことに気付いた様子はなかったので、まあ、賭けですね。連絡は比較的スムーズにとれました。組織の上層部の人間から打診があったんです。それで彼に会いに行って、そのまま……GPSも途絶えちゃって」

「それで、何で無事だなんて思えるんだ?」

あまりの状況に、片貝は血が凍えるような気持ちだった。

「人狼課の警官を殺したら、組織が完全に解体するまで徹底的に追いかけられるからですよ。俺たちは仲間を殺した奴は絶対に許さないですから」

表が声を低くする。ブラウンの目の色が薄くなり瞳孔が引き絞られる。

そうか、表もウェアウルフなのかと、片貝は気がついた。そういえば、ウェアウルフというのは仲間意識が強いのだと聞いた。

「それに、連中が、先輩の正体に気付いているとも限りません。どちらにしろ、鍛冶の行方の手がかりは、彼らには今は先輩しかいません。すぐに手にかけたりはしないでしょう。俺たちも今、先輩の捜索に全力を尽くしています。きっと大丈夫なはずです」

「でも直接助けに行きたいだろう?」

「そりゃあ、まあ……」

「だったら行こう。赤羽根は連中と、どこで待ち合せたんだ?」

しばらく逡巡した様子だったものの、表は結局白状した。

「ショッピングモールの駐車場ですよ」

告げられた住所は、ウェアウルフの居住区のすぐ傍のものだった。

「W地区に監禁されている可能性はあると思う?」

片貝の問いかけに、表は難しい顔をした。

「どうでしょうか。ウェアウルフは自分の縄張り内では犯罪をおかさない傾向があります。それに、地区内は自警団の監視が厳しいですからね。我々も彼らと一緒に、地区内を捜索したのですが、あやしい建物は見つかりませんでした。それよりも、空港や港の倉庫街のような、海や輸送機関が近くにあるか、周辺に民家のない山奥のほうが監禁場所として適切じゃないかと思うんです。すでにその辺りで何箇所か、シンジケートのメンバーが潜伏しているって情報が上がっているんですよ」

「けれど、ウェアウルフっていうのは、仲間意識が強いんだろう?」

「どうしてそこが気になるんですか?」

彼の問いかけに、片貝も眉を寄せる。

「ただ何となく……根拠はないんだけど。仲間意識が強いなら、仲間に悪い奴がいても、匿うかもしれないだろう?」

表は頭を軽く傾けて、考え事をしたあと、そうですねと頷いた。

「わかりました。行ってみましょう」

「実は、W地区の捜索結果については、一つだけ、気にかかることがあるんです」

「いいのか？」

オフレコですが、と、表は声をひそめる。

「あそこの自治体は我々の捜査に協力的ですが、自治体のメンバーの案内なく、もしくは許可なしに、住居区内に侵入しないこと、が不文律なんです。もちろんそれは、扉に鍵もないような地区住民のプライバシーを守る目的で、自治体の皆さんは、人間との共存を心から望んでいると思います。地区から犯罪をなくすために手を貸してくれる熱心な方々ですから……。ですが、もし彼らが何かを我々から隠そうとするなら、それは簡単でしょう」

片貝は、W地区を最初に訪れたときの、排他的な雰囲気を思い出した。二度目は友好的だったので、知らない場所で被害妄想が先走っただけだと思っていたが、そうではなかったのかもしれない。赤羽根も、もしかしたら、岩根の家族を伴わない状態で地区の雰囲気を確かめるために、わざと自分たちだけで足を踏み入れたのかもしれない。

片貝は表をちらりと見た。彼は困った顔でしきりに首をかしげている。今にもクンクン鳴きそうなその仕草に、片貝は既視感《きしかん》を覚えた。

「なあ、もしかして、俺、表と会ったことがある？　人間じゃない時に」

「ああ～」

表は思いだしたくないとばかりに、頭を抱えた。

「ええ。ありますよ。実は赤羽根さんの指示で、あなたたちに追いかけられてW地区に。俺はすぐに迷ったせいで、赤羽根さんに怒られましたが……そのままシェルターにも潜入したんですが、檻から抜け出せなくて助けに来てもらう始末で……」

彼にとっては大変後悔の多い出来事のようだったが、片貝はかまわず続けた。

「なんのために赤羽根はそんなことをしたと思う？　あの地区での俺の反応を見る目的だったの？　やっぱりあの地区があやしいと思っていたんじゃないのか？」

「ええ、まあそうなんですが、片貝さんの怯えぶりにシロだとわかりましたし、あの地区に無断で立ち入ったら見張りに追い返されるというわけでもなかったから、ただ単純によそもの嫌いなだけのようだと、赤羽根さんは言ってて」

「でもあやしいと一度は思うくらいの何かがあったんだろう？　俺たちでもう一度、捜してみないか？」

「……そうですね。ここまで見つからないとなると、捜査方法を見直さないと。二日も行方不明となると、赤羽根さんが監禁されたままなら限界でしょうし」

それはずいぶん、危険な状況なのではないのか。

思ったものの、口には出さなかった。それが本当になるのが怖かったからだ。

家を出るさい、片貝はナイフを靴のなかにしまいこんだ。それは以前、赤羽根にもらったアーミーナイフだ。刃渡りは短く、包丁どころかハサミすらおぼつかない片貝が持っていたところで何の役にも立たないかもしれないが、気休めにはなる。片貝は足が小さくて、男性用のサイズの在庫が乏しいのと、見栄をはりたいのとで、だいたい靴先に詰め物をしている。スニーカーの詰め物を取り払って、ナイフを押し込むと、ちょうどぴったり先端にはまった。歩きにくいが、これが赤羽根のものだと思えば、勇敢になれそうだった。

今まで、危険な目に遭うかもしれない場所に、あえて行こうと思ったことはない。暴力は嫌いだし、喧嘩もしない。わざわざ治安の悪い場所を訪れて、事件に巻き込まれて怪我をする人を、馬鹿にしているところもあった。

けれど安全な場所で、のうのうと何もせずに過ごしているうちに、大事なひとが危ない目に遭って、一生後悔するくらいなら、いっそ彼とともに怪我をしたり死んだりしたほうがマシだと思うことだってあるだろう。向こう見ずな行動を起こすことで誰かに迷惑をかけてしまったら、更なる後悔につながるかもしれないけれど。もし自分にもなにか、できることがあると信じられるなら、精一杯、やったほうがいいこともある。

表とともにW地区に赴いた片貝は、まず岩根家の子どもたちとコンタクトをとろうとした。彼らの父親は自警団の長なので知られないように、駄目なら彼らの知り合いをあたろう、と思っていたが、残念ながら家長の目をあざむくことはできなかった。

「うちの子どもたちに何をさせたいんですか？」

警戒も顕な男が、片貝に問いかける。片貝はその目をまっすぐに見返しながら、手の中のコインを差し出した。

「この印を探してもらいたくて」

恐ろしくはあったが、片貝は必死だった。

「どうしてですか？」

「この印を使っているのは悪い連中と聞きました」

「悪い連中を捜すのに、うちの大事な子どもたちを危険にさらすつもりですか？」

「あなたたちは、彼らの存在を知っていたのでしょう？」

しらをきる男を相手に、片貝は出来る限り感情的にならないように努めた。

「この印は、あなたたちの恥と聞きました。それを隠そうとする。俺はあなたを信用できない。だから子どもたちに協力を頼もうと思っています」

「片貝さん」

表が心配そうに袖を引いたが、かまわなかった。

「赤羽根が行方不明なんです。彼を捉えたのは、おそらくあなた方の恥の存在です。俺はどうしても彼を見つけ出したい。あなたが俺の邪魔をするなら、あなたがたは結局、人間との共存などどうでもよくて、身内の保身が大事なのだと思うでしょう」

「……」

片貝の抗議に、彼は暫く黙り込んでいたが、やがて重々しく口を開いた。

「確かに私は、我々のなかに恥の存在があることを承知しています。しかし彼らはあまりにも脅威だ。私があなたに加担したと知れれば、きっと我々にも危害が及びます」

苦悩に満ちた声に、片貝は、駄目かと思った。けれど彼はこう続けた。

「しかし子どもたちがしたことにすれば、言い訳のしようもあります。子どもたちは基本、どこでも入ることが許可されています。毎日のように地区内を走り回っていますから、地理も熟知している。我々は、群れの子どもを大事にします。どんな大人でも、それは変わりません。子どもを傷つけたものは問答無用で群れから追い出されますので」

どうかお役立てくださいと、家長は子どもたちを呼び寄せた。

できるだけ、危ない目には遭わせません、と、片貝は彼に頭を下げた。


「このマークを探して欲しいんだ。新しそうなものが見つかったら知らせて欲しい」

岩根一家の子どもたちに、片貝はコインを見せた。

彼らは最初こそ尻込みしていたものの、赤羽根が行方不明で、手がかりが必要なのだと頼めば、すぐに協力すると頷いてくれた。やがて彼らの仲間の子どもたち数十人が、片貝のもとに集まってきた。皆が使命感に燃えて頬を染めている。やる気は嬉しいが、勇んでいる様子が心配だ。

「あまり危険な場所には行かないで」

「怖い目に遭いそうになったらすぐに逃げて」

片貝は子どもたちに、しつこいくらいに念を押した。彼らは、片貝たちを信用して集まってくれたのだ。片貝には彼らを無事に親元へ戻す責任がある。決して無茶はしないでほしかった。

片貝の必死さに、子どもたちのまとめ役らしい一人が、任せておけとばかりに胸をはる。

「わかっているよ。あんたのほうが心配だ。俺たちあんたよりここのこと詳しいからね」

表は一人一人に小型の発信機を取り付けていた。耳の後ろに隠れるほどのそれは、スイッチを押すと表の持つタブレットにシグナルが受信されて位置を確認できる仕組みだという。彼らは短い打ち合わせをすると、すぐに四方に駆けていった。

「本当に、子どもに手伝わせるんですか」

自分も手伝っていたくせに、表はすこし不満そうだ。

「大丈夫だよ。岩根のお父さんも言っていただろう？　万が一子どもたちがマークを探していると知られたとしても、危害が及ぶのは、子どもを利用している俺たちのほうだ」

片貝自身も、子どもを利用する手段は最善ではないと思っていたし、彼らのことは心配でしかたがなかったが、平気なふりをした。この地区の子どもたちは素直でしっかりしていて、力になってくれると信じている。それを表にも理解してほしかったからだ。

「それはそうかもしれませんが」

「だって、警察も一度ここを探索して、結局見つけられなかったんだろう？　ということは俺たち二人だけでここをうろついても、多分なにも見つけられない。俺たちよりもここの地理に詳しくて、どこを歩いていてもあやしまれない助っ人が必要だ。子どもの目線は俺たちとは違うから、俺たちが見落とすようなものを見つけてくれる」

片貝は自分自身も路地の壁や道を探索して歩きながら表を説得した。

「まあ、どちらにしろ、何とか手がかりを掴まないと、協力要請も難しいですが……」

「俺、ここの子たち、すごくいい子だと思う。人間と変わらない」

「俺もそう思います」

「変わらないのに、差別されるって変だろう？　差別する人って、だいたい、別に悪意があるわけじゃなくて、それが変だって気がつかないから、まわりの人がそうしているからって差別しているだけなんだ。俺もここに来るまで、ウェアウルフの人って、乱暴で怖いんだと思ってた。知らなかったんだ。だからその……俺はここの子たちを信用しているんだ。この間、一緒に鬼ごっこしたときも優しかったし、働きもので、家族に誇りを持っていて、すごい運動神経で、俺なんかよりもずっと立派だから、俺よりも役に立つし」

「まあ、なんとなくわかってきました」

表はにっこりとした。

「片貝さんはもう彼らと友達なんですね」

「そういうこと？」

「信頼できるバディってことでしょ」

「向こうはそうは思って無いと思うけど……」

「確かにいい人選だと思いますよ」

彼はそう言ってタブレットを見せてきた。マッピングされた居住区のあちこちから、すでに発見のサインをいくつも受信していた。


それから数時間、彼らは歩き回り、報告を受けたマークを調べてまわった。幸い、昼間はほとんどの大人は出かけてしまうらしい。たまにすれ違うこともあっても、極力なにげない態度をとれば絡まれることはなかった。

マークのほとんどは、チョークやスプレーでの無意味な悪戯描きだった。ただ、表の分析によれば、いくつか、特殊な塗料《とりょう》を使用したものがあるらしい。

「一般的な白い塗料は酸化チタンが使われています。けれどこれは炭酸カルシウムだ」

表が鼻をひくつかせる。

「おそらくエポキシ樹脂に骨粉《こっぷん》を混ぜて作った塗料です。最近は家畜類の骨粉の輸入制限がありますから、古いものなのか、それとも手作りか」

「……鼻がいいんだね」

「俺はとくべつ鼻がいいんですよ。先祖返りらしくて」

得意げな表に、曖昧に頷く。手作りだとしたら、何の骨を使ったのかは、聞きたくない。

「この塗料を使用したマークは、過去にシンジケートが集会を行った痕跡のある場所を取り囲むように見つかっていますね」

表がタブレットに指をすべらせ、マップ上の発見地点をつなぐと、法則性のある赤い図形が浮かび上がる。ただ、それがいったい何を意味するのかまではわからない。

無駄ではないかもしれないが手がかりには程遠い気がして、片貝は次第に落ち込んできた。まったく見当外れの場所を嗅ぎ回っているのかもしれない。こうしている今も赤羽根は拷問を受けているかもしれないし、もしかしたら、手遅れかもしれない。

考えないようにしていた想像に、片貝は持ち前のネガティブさを復活させた。一気に滅入ったため足が重くなり、立ち止まってしまいたくなる。

ああ、赤羽根と過ごした最後の夜、俺が彼にしたことは最悪だった。

せめてもっと、話をすればよかった。俺は赤羽根に利用されていても、構わなかったはずだ。ただ、嘘をつかれたのが、悲しかっただけなのだ。別に片貝を馬鹿にしていたわけではないことも理解している。赤羽根はいつも片貝を心配していたし、できるだけ快適に過ごせるように心をくだいてくれていた。それが赤羽根の罪悪感から来るものであっても、片貝は、それが嬉しかった。

うぬぼれていたのだ。赤羽根が愛してくれているのだと、本気で信じていた。だからあんなに腹が立った。傷つけてやりたかったのだ。自分の受けた胸の痛みと同じくらいに。

「俺、直人にひどいことしてしまったんだ」

「え、何ですか？」

聞こえなかったのか、表が尋ねてくる。片貝は軽くかぶりをふった。

「なんでもない」

路地の向こうで、子どもの一人が手をふっていた。マークを見つけて誇らしげだ。自分が役に立っていることが嬉しいのか、正義に燃えた目はうつくしい。

俺は罪滅ぼしのために彼らを利用しているだけではないのか。

そんなことを考えながらも、片貝は重い足を引きずるように動かした。

「同じ塗料ですね」

表がタブレットにチェックをいれる。

それ以外は何もなしかと、片貝が思っていると、子どもが何かを差し出してきた。

「あと、これ見つけた」

「どこから？」

「土の中」

足元に、掘り返した跡があったそうだ。渡されたものは、ワックスペーパーに包まれた、一片の紙だった。広げてみると、英数字の羅列された文字が一行だけ記されている。

「これ、何だと思う？」

表に見せると、彼はわかりません、と即答しつつも、タブレットに視線を落とした。

「ここと同じ塗料を使ったマークのある場所を、もう一度調べてみましょう」

日が西に傾き、視界が悪くなりつつあった。けれど片貝は頷いた。何かが見つかるかもしれないという希望が心を燃え立たせて、疲れは感じなかった。


紙片は、しるしのつけられた場所の、ほぼ全てから見つかった。しかし、土の中に巧妙に隠されていたそれらには、ただ同じような記号の羅列のあと、数字とアルファベットが記されているだけだ。

「おそらくこっちの方は行き先を指示していると思うんです」

表は発見場所と、そこで見つけた番号を照らし合わせながら推理しはじめる。

「冒頭に使われている記号は、四種類の組み合わせで八パターンあるようです。これが単純な換字式の暗号だとすれば、方位を示しているのかもしれません。その後に続く数字をブロック数と仮定してこの紙片の発見場所から予想するに……例えばこれだと、北西に二ブロック、そこから北に一ブロック」

「そこに何があるんだ?」

「この紙片が埋まっていた場所です。ここ以外の場所で見つかった紙片は、一様にここの場所を指し示していることになります」

表は、最初の紙片が見つかった場所を指差した。

「では本当に意味があるのはこの紙に書かれた文字だけってこと?」

「そういうことになりますね。前半部分は他のものと同じように住所をさししめしているようですが、すこしプロトコルが違うみたいなので、もしかしたらこの地区外かも……南西の……ここからまっすぐいけば港がありますね。いや、待ってください、この後半の文字列に、見覚えが……」

表は眉を寄せて考えている。片貝もそれを眺めた。やはりただの文字列にしか見えない。

「荷物番号とか?」

「ああ、それだ!」

表が大声を出す。

「ナンバーですよ。レンタルコンテナの。倉庫街の一角にあるそれが、数が大きいせいもあるんでしょうけど、管理番号のつけかたが独特で。列ごとに名前がふってあって、ナンバーも何故か一六進法なんですよね」

彼は立ち上がると、携帯を取り出してどこかに連絡をした。

「同ナンバーのコンテナがありました。武器密輸の疑いで、ちょうど調べていた場所です。長期レンタルされているもので、契約者名も、鍛冶からのリストに見つけられました」

表は目をかがやかせて片貝に説明する。有力な情報なのだろう。

「シンジケートのメンバーは普段は単独行動で、連絡も最低限です。依頼があったときだけ何らかの形で連絡をとりあいます。これはその連絡方法の一つかもしれません」

「そこに赤羽根がいる可能性は？」

「ワンルーム程度の広さはあるみたいですよ。人を隠すこともできるでしょう」

「それは」

表はそこで、慎重な顔になった。

「片貝さんはここで待っていてください。迎えをよこしますので」

俺も行きたい、という言葉は喉の奥で潰れた。もしそこに赤羽根を捉えた連中がいるとすれば、彼らは武器を携行した、戦い慣れたものたちだ。一般人の自分が行ったところで足手まといになるのは明らかだった。

「誰か、片貝くんを家で待たせてもいい人はいる？　急に人間を部屋にいれるのは親御《おやご》さんが嫌がるかもしれないから、親御さんが帰るのが遅いといいんだけど」

子どもに手伝わせるのを渋っていたわりには、悪いことをお願いするものだと片貝は思った。一人の子が、うちなら大丈夫と手をあげてくれた。

表は彼の家まで片貝を送ってくれたあと、すぐに迎えをよこしますからと去っていった。

「わかった。表くんも気をつけて」

悔しいが、どうしようもない。どうして体を鍛えておかなかったのだろう。俺も警察官になればよかった。などと、どうにもならないことを考えながら、表を見送った。

通された子ども部屋で、片貝は燃料が切れたようにぼんやりしていた。手の中には紙片がひとつ。ポケットに入れていたせいで、表に渡し忘れたものだ。子どもたちの数人は、ここに泊まるそうだ。親が心配するのではないかと気をもんだが、この家の親はショッピングモールの清掃員らしく、いつも帰りが遅いのだと言う。それゆえ、彼らはこの家の子どもが寂しくないよう、もともと、かわるがわる家に泊まる習慣があるのだそうだ。

「大丈夫だよ、ナオトは無事だって」

「俺たち頑張って探したじゃん」

落ち込んでいる片貝を心配して子どもたちが励ましてくる。本当に優しい子たちだなあ、と感動しながら、片貝はテーブルのランプに紙片をかざして眺めていた。表はあれでやはり警察の人間だ。片貝は説明されても、ただの英数字の無規則な羅列としか感じられない。

「あたし、この模様知ってる」

片貝に寄り添っていた少女が、ふいに、そんなことを言った。

「ん？　模様？」

最初、コインに刻まれていたもののことだと思った。けれど紙片にはそのしるしは刻まれていない。一体何のことだと思う彼の手元をさして、彼女は小さく円を描いた。

「これ」

紙面に示された場所に目を凝らすと、紙と同じ色の塗料で、何かの模様が描かれている。ほとんど目立たないものだが、光にかざすとインクの厚みのぶんの凹凸が浮かび上がった。四本の線が斜めに入る、獣の爪痕《つめあと》のようなマークだ。

「どこで見たの？」

尋ねると、彼女はちょっと後ろめたそうにもじもじしたあと、片貝に耳打ちをした。

「あのね、道に迷って、入ったらいけないところに行っちゃったの。すごく怖そうなおじさんが立っていて、わたし見つかりそうになって、慌てて逃げてきたことがあるの」

「入ったらいけないところ？」

「おい」

隣にいた男の子が彼女の背中を叩いた。

「女の子に乱暴しちゃ駄目だよ。で、そこって俺には言ったら駄目な場所だったの？」

片貝が尋ねると、彼はうろうろと目を泳がせたのち、こくりと頷いた。

「危ないから、駄目なんだ。とうさんが近寄ったら駄目だって言ってた」

「そうか」

片貝は同意したあと、少女に向き直った。

「その場所、教えてくれる？」

地図を広げて、どのあたり？　と尋ねると、彼らは信じられないという顔をした。

「大丈夫だよ、ちょっと気になるから、遠目に見てみるだけだから」

彼らはさんざん止めたものの、結局片貝の説得に折れてくれた。そのかわり、片貝一人だと絶対に迷うからと、年長の数人が目的地まで案内してくれることになった。どうにも片貝は、ここの子どもたちには、頼りなくて危なっかしい人間だと思われがちだ。

小さな背中を追って、夜の道を進む。三十分ほど歩いたころだろうか。道端にゴミが散乱し、空き家の多い通りに来た。街灯もまばらで空気は刃物のように静かだ。空気からして、ひりひりと片貝たちを拒絶しているようだった。

「あそこだよ」

遠目に見えてきた、ぼろぼろの家屋の一群を、物陰から指差して子どもが言う。もういい？　と、もじもじして、帰りたくてたまらないという態度が隠しきれていない。よっぽど危ない場所なのだろう。

「ありがとう、もう帰って大丈夫だよ。帰りは俺一人で平気だから」

しゃがみこんで伝えると、子どもたちは目を見ひらいた。

「遠目に見るだけじゃないの？」

騙された、と言わんばかりの物言いで詰め寄られる。

「俺は人間だから、君たちみたいに感覚が優れていないんだ。だからもうちょっと観察して、納得したら帰るから。俺は怖がりだからね、危ないことはしないから平気」

「でも」

「むしろ、家に帰って、表くんの仲間の迎えが来るのを待っていてくれないかな。それまでに俺が帰ってなかったら、彼らをここまで案内してきてほしい」

何度も繰り返して、笑顔をつくる。ちょっとここにいたいだけ、と繰り返しているうちに、片貝に全く引き返すつもりが無いのだと察したのか、子どもたちはしぶしぶ頷いた。

「絶対ちゃんと帰ってきてね」

「帰るのが遅かったら、すぐに迎えに行くからね」

何度も言い聞かされて、片貝は苦笑して頷いた。

「君たちも、気をつけて帰って」

振り返り、振り返りしつつ子どもたちが帰ってゆく。片貝は小さく手をふって、彼らを見送ったあと、じりじりと先に進んだ。少女の説明によれば、爪痕のマークが描かれた建物が、この先にあるという。

向こう見ずに、自分を危険に晒しているだけではないか、と片貝も考えていないわけではなかった。表や、他の捜査のプロは、この場所に赤羽根はいないと判断したのに、自分だけがいまだに疑っている。けれど片貝は、あの爪痕のマークが、どうしても気になった。

子どもたちは、あのマークやそれがある場所について、口にすることを大人にきつく止められている。彼らがそこに近づかないようにするためと、おそらくW地区外の人間の耳に入らないようにするためだ。

ここには、岩根家の家長が言うように、自治体にも手の施しようのない、危険な組織がはびこっているのか。

しばらく進むと、路地の向こうに光がちらついた。咄嗟に物陰に身をかくし、恐る恐る顔だけ出して覗き込むと、暗い通りの突き当りにある建物の付近に、光が二つ灯っている。さらに目をこらせば、それが体格のいい男の持っているマグライトの光だとわかった。彼らは狛犬《こまいぬ》のように厳めしく、ドアの両脇に立っている。そのドアに、例の爪痕のようなマークが描かれていた。しばらく観察していると、一人の男がやってきた。彼は門番の一方に何かを見せて、二言、三言会話してから中に通されていた。

どうするべきかと片貝は悩んだ。警備は厳重そうだ。裏口があったとしても忍び込めば一発でばれる雰囲気だ。喧嘩して勝てる相手では到底無いから正面突破はもってのほかだし。一度戻って、表に相談してみようか。

けれど、片貝は、無意識に足を踏み出していた。目ざとい門番がすでにこちらに気付いている。片貝はあわてて、表にもらった発信機を近くの壁にとりつけた。それから腹を決めて、扉の方に向かって歩いた。

さて一体どうしよう。武田のいた組織と同じなら、面が割れている可能性がある。いや、むしろそれを利用しようか。

ポケットに手を入れると、硬いものが手に触れる。あのコインだ。それを何度か撫でてから取り出した。同時に視界が眩しさにふさがれる。ライトをあてられているせいだと、一呼吸後に理解した。

「誰だ?」

問われて、彼は竦みそうになる体を叱咤しつつ、手の中のものを差し出した。

「見覚えはあるだろう?」

二人の男はそれを覗き込み、おそろしげな顔を更にけわしくした。

「どこで拾った? お前は人間だろう?」

「このコインの持ち主の居場所を知っている」

心臓が口から出そうになっているが、声をだすと、少し度胸がついた。

「彼に頼まれてここに来た。彼は怪我をしていて動けない。それなのに、病院にも行きたがらない。かわりに、迎えが必要だと言っている。それを知らせに来た」

彼らは顔を見合わせたあと、一人が、待っていろと扉の向こうに消えた。もう一人は片貝のまわりをゆっくりとまわりながら、全身にライトをあてて、不審な動きをしないか観察している。

自分よりも頭ひとつぶんは小柄で貧相《ひんそう》な体つきの人間を、そこまで警戒する必要はないのに。片貝は内心で苦笑した。

やがて扉が開かれる。片貝は内部に入ることを許された。

暗いエントランスでしばらく待たされたあと、片貝は次の扉に通された。扉の向こうには地下に伸びる階段が続いている。片貝はつまづかないように、壁づたいを降りていった。

やがてひそひそ声が聞こえはじめると階段が終わり、僅かな明かりの灯る場所に出た。そこは広いが、天井が低く圧迫感がある。コンクリートで固められた壁はむきだしで、簡素なテーブルと、こちらをいぶかしげな目で見る何人もの男の姿があった。

きつい獣のにおいが鼻につく。じりじりと音のしそうな裸電球が、頭上でわずかに揺れている。光の加減で、男たちの目が、うすくらがりの金属のように、鈍く光をはなっていた。

部屋の奥に、少しだけ豪華なソファのセットが置いてあった。その中央に腰掛けていた男が立ち上がり、片貝に近づいてくる。

壮年《そうねん》の、浅黒い肌の男だ。身長は片貝よりも低いが、その真っ黒な目に見据えられると、全身が硬直したようになった。

「あなたが知っているという、うちの仲間について聞きたいのだが、いいかな」

言葉遣いは比較的丁寧だったが、有無を言わせぬ力がある。

「ええ、俺でわかることでしたら」

片貝は彼が、ここのリーダーだと感じた。

彼は片貝の目を、じっと見据えたまま口を動かした。

「彼の名前は何といって、今どこにいるのでしょうか？」

「名前は鍛冶と聞いています。場所は……ここから数駅の、高台の住宅街にある空き家です。何年も手入れしていない、荒れ果てた建物です。街が近くて、便利はいいです」

片貝は咄嗟に、先日赤羽根と一日を過ごしたときに見た空き家を思い出した。

「鍛冶という名に心当たりはあるが、その建物に、俺は覚えがない」

「地図がありましたら、すぐに教えられますよ」

そう言えば、彼は傍にいる男に指示を出し、すぐに用意をさせた。

「ありがとうございます、ええと……このあたりです」

片貝は必死で記憶をたぐりよせながら、空き家がある場所を指差した。

「なるほど、車で向かえば比較的近い」

「そうですね」

「しかし我々としては、君をすぐに信用するわけにはいかない。彼を無事に保護するまで、ここで待っていてもらってもいいかな」

「わかっています」

むしろ、それが望みだった。ここで待っている間に、なんとかしてこの建物内に赤羽根がいないか確認しようと思っていた。もしいなければ……そのときは、そのときだった。

今更ながらに気がついたが、これで、表がよこすという迎えの連中が来るのが遅くなり、片貝の不在に誰も気が付かなければ、かなり拙いことになる。いや、気づくのが早くとも、子どもたちの家からここまでは距離がある。しまった、鍛冶の潜伏先を、もっと遠い場所に設定しておけばよかった。後悔したが、あとのまつりだ。

といっても、今更逃げ出せる気配でもない。片貝は、蹴られたり殴られたり刺されたり撃たれたりしたら、どれほど痛いのだろうと想像しながらも、腹をくくるしかなかった。

リーダーらしき男の指示で、数人が部屋から出ていく。

頭上のほうで、扉の閉まる音を確認してから、男は片貝のほうを向き直った。

「ではこちらの部屋で待っていていただけるかな?」

「ええ、どこででも」

促され、開かれた扉の向こうに足を踏み入れて、片貝は息を飲んだ。

その部屋は、息苦しくなるほど狭かった。天井には、前の部屋と同じような裸電球がひとつ。家具は部屋の中央に椅子がひとつ。

その上に、男がくくりつけられていた。彼はうつむき、顔が隠れていたが、その柔らかそうなグレーの髪には、嫌というほど見覚えがあった。

「なおと」

かろうじて、声には出さなかったものの、唇がかたちづくる。

「お前がこの男と一緒にいるところを、見かけた奴がいる」

背後から声がする。振り返ると、リーダーの隣に、どこかで見覚えのある男がいた。

「犬を追いかけてここに来たと言っていたそうだが、その犬というのは我々のことか?」

片貝は思い出した。最初にW地区を訪れたときに、赤羽根の質問に食ってかかった男だった。まさか彼らの仲間だったとは、ずいぶん運が悪い。

「違う」

片貝は、思わず声を上げた。

「俺はこいつに追いかけまわされて逃げていたんだ」

片貝は、赤羽根を指差して訴えた。

「俺がウェアウルフを匿っているって情報を、どこからか嗅ぎつけてつけまわしてきた。俺は最近こいつがいなくなったから、あなたたちに知らせに来ただけ」

「まあ、どちらでもいい」

男は興味なさそうに鼻から息をもらした。

「もしお前が指示した家に誰もいなかったり、警察連中が待っている気配があれば、俺たちはすぐにお前を殺す。そこの男も同様だ。縛っておけ」

最後だけは他の男に指示を出して、男は扉の向こうに消えた。

片貝は後ろ手にされ、ロープで上半身と足を縛られて、乱暴に床に転がされた。

「ロープで縛られるだけでも痛い」

扉が閉まると、片貝は思わず独り言を零した。そうでもしないと発狂しそうだったのだ。

「殴られたら死ぬかも」

「当たりどころが悪ければな」

返事があって、片貝はびっくりした。

「生きているのか？」

「殺すなよ」

縁起が悪いだろう、と続いた声はひどく掠れていたが、しっかりしていた。

「男前は台無しになったが」

そう言って上げられた顔に、片貝は息を詰めた。片方の頬がひどく腫れていて、片目はほとんど開いておらず、鼻血も出ている。

「痛くないのか？」

「俺を捜しに来たのか？」

同時に問いかける。赤羽根は苦笑した。

「何しに来たんだよ」

優しい声だった。生きている。彼は生きているんだ。そう思うと、涙が滲んだ。

「会いに来たんだ。寂しくて」

「そうか。でも大胆すぎるんじゃないか？」

「直人、死なないでくれ」

「だからそういう不吉なことは……どうした？」

おもむろに片貝がごそごそと身をよじりだしたので、赤羽根は心配した様子だった。

「柔軟体操でもしておけばよかった」

苦労して靴を脱ぎ、片貝はそこに隠してあったナイフを赤羽根に見せた。

「もらいものだからよくわからないんだけど、ロープくらいは切れると思う？」

「……切っているうちに見つかると思うぞ」

自分の贈ったものを片貝が持っていたのが嬉しいのか、そんな状況でもないのに、赤羽

根は笑った。

「ちょっと待ってて、渡すから」

ナイフをくわえると、床を這って、赤羽根の足元に近づく片貝に、スパイ映画の観すぎだと赤羽根は呆れていた。それでも協力はしてくれるつもりらしい。

「俺の靴の上にそれを置いて」

言われた通りにすると、彼はつま先で器用にナイフを跳ね上げてうまく口に咥えた。それから首をねじるようにしてその刃先を出すと口を離し、今度は背中がわでくくられた指でキャッチする。

「直人は曲芸師になれると思う」

片貝が感心して呟くと、危機感のないやつだな、と苦笑された。

「おい、何を喋っている」

急に扉が開いて、片貝は慌てて赤羽根から飛び退いて床に転がった。

「やることがないから、暇で。自己紹介を」

赤羽根が涼しい顔で挑発する。

「お前、まだそんなに喋れるのか」

忌々しげに男が言って、彼の髪を掴んだ。声を上げる暇もなく鈍い音がして、彼の頭が横にぶれる。驚いて固まっている片貝に、男が一瞥をくれた。

「お前も殴られたくなかったらおとなしくしていろ」

　再び音をたてて扉が閉まる。片貝はしばらく息をするのも忘れていた。

「……生きてる？」

「もう黙っていろ」

　声をひそめて咎められ、片貝はおとなしく口を閉ざした。

　赤羽根は片貝のほうにあの男の意識が向かないように、わざとあんな口を効いたのだと気付いて落ち込んだ。あの一発は、片貝がここにいなければ殴られなくてもよかった一発だ。俺は何の役にも立たない。

　床に顔がめり込みそうなほど反省していると、肩を叩かれた。

「じっとしていろ」

　言われて、数秒もたたずに手足が軽くなる。

　顔を上げれば、赤羽根が肩を竦めた。傷だらけでも相変わらずの調子の彼に、片貝は思わず抱きついた。傷が痛むのか、彼がうめく。

　格好ばっかりつけやがって。

　申し訳ないのと愛おしいのと、彼が生きていて嬉しいのとで、めちゃくちゃになって、片貝は彼の口に、噛み付くようにキスをした。

「嬉しいけど」

赤羽根は彼に声を潜めて、言いつけた。

「気付かれないうちは、まだ縛られたふりをしておけ。気付かれたら、俺が奴をここにひっぱりこむから、君はすぐに扉を閉めろ。だから扉のそばに転がっていろ」

「わかった」

言われた通りに、片貝は扉のそばに横たわった。

「表くんとここに来たんだ。場所はここの子どもたちに教えてもらった。表くんは今他の場所を捜しに行ってるけれど、俺に迎えをよこすらしいから、子どもたちに聞いて助けを連れてきてくれるかも。発信機も近くの壁につけておいたから、そちらに気付いてくれるかも」

「そうか。それは心強いな。できればその助っ人と一緒に来てほしかったが」

「う、ごめん」

「まあ、助かるよ」

彼が手早く片貝の体にロープを巻いてゆく
「ここをひねればすぐに解ける」

「わかった……縛るの上手いな」

「そっちの趣味もあるのか？」

彼はくすりと笑って、自分自身にもロープを巻きつけて椅子に座った。

その姿を眺めながら、誰かの助けが来る前に、こちらの正体が隣の部屋の連中に気付かれたらどうなるのだろうと思った。空き家には誰もいない。もしかしたら自分たちの命は、あと五分もないかもしれない。あの人数ではいくら赤羽根が強くても、勝てないと思う。地上はすぐ頭上にあるのに、とても遠かった。

それからどれほどの時間が経過したのか。扉の向こうが騒がしくなり、ドアノブがヒステリックにがちゃがちゃと回される。びくりとした片貝に、赤羽根が目配せをするので、彼は先程言われた通りに、ドアの横の壁に身を寄せた。

「騙しやがったな！」

すぐに、血相を変えた男が飛び込んできた。

赤羽根はロープを解くと、男の腕を引っ張って室内に引きずり込んだ。片貝はわたわたとそのドアを閉める。振り向くと、赤羽根が男の首に腕をまわして素早くひねっているところだった。鈍い音がしたかと思うと、男がその場にくずおれた。

「死んだの？」

おそるおそる尋ねる。

「さあ？」

赤羽根はひとごとのように肩をすくめると、動かない男のそばにしゃがみ、彼の服を探って、ナイフとハンドガンを抜き取った。

その間にも、どんどん外の騒ぎが激しくなる。

「助けが来たのかな?」

「わからない。仲間割れかもしれない。もしくは俺たちの嘘がばれて慌てているのか」

彼が扉の脇の壁に、片貝を押し付ける。真剣な横顔だった。

「君はここに」

赤羽根の顔が、とても近くにある。彼の血と、息遣い。片貝の全神経が、彼を感じようとさざめいた。

彼と話ができるのは、もうこれが最後なのかもしれないと思った。

「すきだ」

片貝は、できるだけ抑えた声で囁いた。

「ごめん、あんなことして。本当は好きなんだ、直人のこと」

彼がちらりと片貝を見る。

「ありがとう、俺もだよ」

かすかな笑顔にほっとした。

後はもう、死んでもいいか。

「先輩いますか⁉」

次に勢い良く入ってきたのは見知った茶色い髪の男だった。

「表か」

構えていたハンドガンを下ろして、赤羽根がほっとした声を出す。表は彼の顔を見たとたんに、目を輝かせて叫んだ。

「だから言ったでしょう？　生きてるって！」

「いいから状況を」

「はい」

と表が落ち着きを取り戻し、扉の向こうを親指で示した。

「片貝さんが発信機をこの近くに置いてくださっていたので、わかりやすかったですよ」

「もう少し詳しく」

「はい、我々はこの地区の捜査中に、現在武器密輸関係で捜索していた倉庫街のレンタルコンテナのナンバーらしきものを得ました。私が要請したチームとともにそこに踏み込むと、各種の銃火器が隠されていましたが、先輩はいませんでした。コンテナに見張りはいましたが、ヤサにしては手薄でした。その後、片貝さんがどこにいるか確認したら、なぜだかとても辺鄙な場所にいらして。おかしいなと思ったところで、片貝さんの迎えに行かせたものから片貝さんが外出していると連絡がありまして、そのまま制圧部隊を連れてきました」

彼が一歩、脇にそれると、片貝にも隣の部屋の様子が見えた。そこでは、武装した連中が室内にいた男たちを次々に床に押しつけ、拘束《こうそく》しているところだった。

「いい判断だった。助かったよ」

「いや、それほどでも」

赤羽根はずかずかと扉から出ると、先程自分を殴った大男を見つけ出し、床にめり込む勢いで殴りつけた。根に持つタイプだな、と片貝は思った。なんだか力が抜けてしまった。

その後片貝は赤羽根と表に両脇を抱えられて、引きずられるようにその場から脱出した。

もしかしたら失神しかけていたのかもしれない。

やっと地上の空気が吸えたとき、見上げた夜空が綺麗だった。


気がつけば、車の後部座席に乗っていた。多分パトカーだ。隣には赤羽根がいた。腫れた顔半分をはじめ、見える限りのところにガーゼが貼られていて痛々しいが、彼自身はまるで痛みを感じていないかのように、悠々とシートに身を沈めていた。

「ジャックの本当の名前を知りたいか？」

静かに問われて、片貝はかぶりをふった。

「でも、どうなったかは知っておきたい」

赤羽根はそうか、と答えて、ひとつひとつ、言葉を選ぶように教えてくれた。

「彼は……有名なヒットマンだった。狡猾《こうかつ》で、警察をあざわらうように捜査の網をすり抜けて逃げおおせていた。それなのに、最後はライフルを構えたまま、大声を出しながら警備の連中に突進していった。それで撃たれて」

「そうなんだ」

車内に、エンジン音が響いていた。それから隣の男の静かな呼吸音。

「俺は……昔、君の……ジャックの最期の事件に関する調書を読んだことがあった。それからずっと、彼がどうしてそんなことをしたのか疑問に思っていた。調書には、事件のあらましは詳細に記載されていたが、犯人の精神状態についての記述はなかった。ストレスでおかしくなったのか、それともやむにやまれぬ事情があったのか……俺は、そのどれもが、納得できる答えでないと感じた。だが、君に会ってから俺は、ジャックも君によって変わってしまったからじゃないかと思うようになった。つまり」

軽く咳払いしてから、続ける。

「彼は潜伏中に君に会った。それで、人間に対する偏見がなくなったのではないかと想像している。彼は、君との生活で、ウェアウルフも人間も変わらないことに気付き、洗脳が解けた。人間を憎む理由がなくなった。だが、組織への忠誠を捨てることもできなかった。

彼は、組織を裏切ることで、君へも被害が及ぶことも心配したのだろう。だからあんな方法で……彼は自由になったのだと思う」

わずかに迷って、自由という言葉で死をぼかした彼は、気遣うように片貝を見た。

「彼も、きっと君を愛していたのだと、俺は思っている。彼なりの方法で、君への気持ちに応えたのだろう」

「そうか」

短く返事をして、片貝は目を閉じた。

「教えてくれてありがとう」

気持ちは不思議なほど凪いでいた。どこかでわかっていたのかもしれない。うすく瞑る片貝の瞼の裏に、愛おしい犬の姿がぼんやり映し出される。それは、いつものような困ったそれではなく、穏やかに片貝を見守る、賢そうな顔をしていた。穏やかなアンバーの目には、確かに片貝を慈しむ色があった。

そうだった。いつも、ジャックは俺を愛してくれていた。その愛は深く強く献身的で、ちょっとやそっとでは、ゆるぎもしないものだった。

俺は、愛されていたのだ。

ジョセフ・ジェイ・ウルフという名前に、片貝は顔をテレビに向けた。

朝のニュース番組だった。ニュースキャスターが件のウェアウルフとのハーフの要人が、無事に帰国したと読み上げている。

ジョセフは博識で、人当たりの良い人物だった。各地で様々なイベントに参加して、素晴らしい演説を何度も行ったという。ニュースを聞く限り、彼の来日は好印象だったようだ。片貝は、淹れたての珈琲を持ってソファに腰かけた。

ウェアウルフにも人と等しい権利をと、訴える彼の切実な表情が、画面いっぱいに表示されている。なかなかの美男子だな、と片貝は思った。最近少しばかり、人間の顔立ちにも興味を持つようになったところだ。

朝食の皿には卵のサンドイッチがのせられている。一人で朝食のときは卵のサンドイッチが彼の定番となっていた。

ここ数ヶ月、片貝はネットや表から学んで、卵サンドに挑戦し続けている。けれどどうしても理想の味と見た目に到達《とうたつ》できない。あれはとても高度な技術を持って作られていたのだなと、片貝は理想の卵サンド、つまり以前、一度だけ赤羽根が作ってくれたそれを思い返す。

あの日は気持ちがガタガタだったから、きちんと味わえなかった。とても美味しく、優しい味だったことだけが手がかりだ。あれがもう一度、食べたかった。

ニュースが終わるころに朝食も終わり、歯を磨くとネクタイを締めた。

W地区の事件から無事生還した翌週には、片貝は元の会社に復帰している。久しぶりの事務処理に、いつものようにきびきびと作業を終わらせることはできなかったが、職場の皆は彼を歓迎してくれた。別の部署の人間までが挨拶をしに来てくれた。片貝はおとなしいから、出向先ではうまくやれているか心配していたけれど、元気そうで良かったと、嬉しそうな笑顔を見せてくれる。ぎこちないながらも、皆と会話しているうちに、片貝の机は、彼らからもらった、色とりどりの駄菓子で山盛りになった。武田の姿がないことだけは寂しくはあったが、自分が案外社内で認識されていた事実は、片貝をくすぐったい気分にさせた。派遣で来ていた青年は、正社員登用が決まったらしい。

最近、残業は少なめにして、会社帰りにはシェルターに向かうことにしている。幸い施設は存続している。寄付額が減って、運営費が心配だったが、警察署が新しい試みをはじめ、数十頭の犬を引き取ってくれた。彼らは適正をテストされて、警察犬やセラピードッグになる予定らしい。里親募集の宣伝にも手を貸してくれているらしく、来週、久々に開催される譲渡会では良い飼い主さんが見つかりそうだとスタッフの顔も明るかった。

「そうだね、みんな幸せになってくれたらいいね」

片貝は、尻尾をふって集まってくる犬たちの頭を撫でながら、彼らに微笑んだ。

前と変わらない、もしかしたら前より楽しい生活が、片貝のまわりに戻ってきていた。毎日が穏やかで、それなりに充実している。思いつきで始めた料理も、だんだん楽しくなってきた。最近は出来合いのものより自分が作ったもののほうが美味しく感じる。季節も春に近づいて、帰り道に吹く風も、優しく彼の髪を揺らす。

それでも時々、胸にぽかりとあいた穴に、寂しさが満ちることがある。

あの日、武田に襲われた日から、三ヶ月が経過した。相変わらず片貝は赤羽根の家で暮らしている。シンジケートの主要メンバーは現在ほぼ逮捕済だが、まだ逃亡中の者も残っている。赤羽根は毎日、残党を追いかけるのに忙しくしていた。まだ怪我も癒えないうちから、日付を越えないと帰ってこないのはざらで、外泊も多い。いくらなんでもワーカホリックだろうと呆れたが、疲れた顔ながらも満足そうで、心から自分の仕事に誇りを持っている様子に、片貝は何も言い出せなかった。

それでも一緒に住んでいれば、挨拶はするし、軽い会話もできる。最近は一緒のベッドで眠ることもある。寒い夜に、一緒に寝ないかと誘ったのは片貝だった。直人のほうのなら、広いから二人でも平気だろう？　そう言い訳をすると、彼は、それもそうだなと言って、布団を持ち上げて片貝を招き入れてくれた。それが最初だ。

それ以降、片貝はいつもリビングにある赤羽根のベッドで眠っている。赤羽根は、その日によって彼の隣に潜り込んできたり、片貝のベッドで寝ていたり、ソファで丸まっていたりと気まぐれだ。

赤羽根は犬よりのはずなのに、時々すごく猫っぽいよな、と片貝は思っていた。一緒に眠るときは、本当に隣で眠るだけだが、それでも赤羽根の寝顔を見られるのは、片貝には幸福なひとときだった。

あれから彼とは、一度もキスをしていない。手をつなぐことも、髪を洗うこともない。あの日、囚われた地下室で告げた、片貝の必死の告白を、赤羽根がどう受け取ったのかも知らない。片貝が赤羽根の仕事とは無関係になった今、片貝は赤羽根にとって、ただの同居人。それ以上の存在ではなくなったのかもしれない。そう想像すると、怖くて、赤羽根の気持ちを確かめることができずにいる。

今や片貝は、すっかり赤羽根への恋心を自覚していた。彼を思えば切なくなるし、彼と喋っているだけで頬が熱くなる。彼に似ているという理由で人間の顔面にも興味が持てるようになった。彼の姿を見るだけで、まるで大自然の神秘に触れたかのように、感動して胸が詰まることとすらある。重症だ。持て余した感情は、絶頂にも似た多幸感をもたらしてくれるのに、生来の性格ゆえに、片貝は未来に対して悲観的だった。

こんな幸福な時間が、そんなに長く続くわけがない。件の要人がこの国を無事に離れたのなら。そして、赤羽根との同居が、片貝の身柄を保護するためだけの処遇だったなら、多分終わりはもうすぐなのだろう。

そんなふうに、幸福で不幸な思いに囚われつつ夜道を歩いていると、スマホが震えた。見れば赤羽根からのメッセージだ。今日は早く帰れそうだ、明日からしばらくオフがもらえるからどこかに遊びに行かないか？　という誘いの文面だった。

早く帰れるって、もう早い時間じゃないぞ、と片貝は苦笑しながら彼に返事をした。どこか行きたいところがあったら付き合うよ。

彼からは短く、ＯＫの二文字だけが帰ってきた。

これが最後のデートかもしれないなあ、と片貝は思った。シンジケートのヤサの地下でも、絶体絶命の状況でも、似たようなことを考えたが、夜風に吹かれながらのんびり帰れる今思うことは、少し違う。

赤羽根との平和な別れが過ぎたあとも、まだ片貝の人生は続いていくだろう。片貝の祖父は二人とも健在で、どうやら長生きできる家系のようだ。

だから、これからの人生の思い出になることが欲しいと思った。

久々の休暇前ということで、その日の赤羽根は開放的だった。

風呂から上がったあとは、肩にかけたタオルもそのままに、シャツの前もとめずに長い足を投げ出してソファに沈んでいる。テレビを眺めながらビールを飲む。髪もラフにあちこち跳ねたままだ。

最近の彼は片貝の前で隙の多い姿を見せる。元がいいのでだらしなく感じないのか、惚れた弱みでそう見えないのかは、片貝には判断できないが、自分の前でリラックスしてくれるのは、彼の近くにいることを許されているようで嬉しかった。

彼に続いて風呂に入った片貝は、念入りに体を清めた。泡立てたボディソープをたっぷり使って、つま先から頭のてっぺんまでくまなく磨く。特に股の間は、指先に何もひっかからなくなるまでつるつるに剃毛《ていもう》して、それから何の匂いもなくなるまで徹底的に磨いた。磨きすぎて、バスタブに浸かると軽くひりつくくらいだった。血が出るほど歯も磨いたし、マウスウォッシュも頬がつりそうなくらいに繰り返した。最後に風呂の前に立って全身をチェックする。濡れて張り付く黒い髪。最近は体を鍛えているのでガリガリではないとは思うが、まだまだのっぺりと貧相だ。ペニスもちょっと皮がかぶっている。せめてと胸を張ってみる。あんまり綺麗じゃないよなあ、と苦笑した。でも、まあ、仕方がない。精一杯の努力はしてみたのだ。

出てきた後も、彼は片貝が風呂に入る前とさほど変わらぬ体勢でだらだらしていた。

「長風呂だったな」

彼に言われて、片貝は軽く肩を竦めた。緊張しすぎてうまい言葉が出てこなかった。代わりに、片貝はソファの前に置いてあるテーブルの傍の床に座ると、赤羽根の真正面に、ゼリーとゴムを置いた。ゼリーはアヌス用の、粘度が高く乾きにくいものを通販で買った。

低刺激無臭をうたっているものと、味と香りがついているもの。ゴムはサイズ違いを三種類、素材も二種類揃えてみた。

「……」

彼はビール瓶に口をつけたまま、しばらく固まっていた。

まあそういう反応になるよな。片貝は思った。

「……俺は、人とおつきあいとか、したことがなくて」

彼はぎこちなく説明した。

「できるだけ誠意のある誘い方がしたかったんだけど、思いつかなかった」

「……なるほど」

数秒間の金縛りが解けたあと、赤羽根はしかつめらしくそう答えると、半身をソファから起こしてゴムのパッケージを手にとって、矯《た》めつ眇《すが》めつしている。

「通販サイトのレビューが多いものを選んでみた」

「うん」

赤羽根は何とも言えない、微妙な、難しい顔をしている。困っているというか、あまり乗り気ではなさそうだ。久々にのんびりしたいのに、同居人が面倒くさいことを言い出した、とでも言いたそうな雰囲気だ。

しかしここで心が折れるわけにはいかないと、片貝は自分を奮い立たせた。どちらにしろ、近々部屋を追い出される運命なら、もう一度くらい迷惑をかけてみてもいいかという、当たって砕けろの気分が勇気をくれる。

片貝は床をずり下がり、膝頭の前に両手を突くと、思い切り頭をそこにすりつけるようにして体を折り曲げた。

「抱いてください。お願いします」

「いや、広、それはやめろ」

さすがに怯んだ様子で赤羽根がソファから降りる気配がある。

「顔を上げろ、お前の望むようにしてやるから」

慰める口調で肩に触れる。おそるおそる顔を上げると、赤羽根はふっと息をついてから、タオルを落とし、シャツを脱ごうとした。床に膝をついたポーズは先日見たことのある、変身するときのそれを彷彿とさせる。

それで片貝は、彼に一番重要なことを伝え忘れていたことに気がついた。

「あっ！　そうじゃなくて、そのままで」

「そのまま？　服を着たままがいいのか？」

「いや、そっちじゃなくて……変身しなくてもいい」

赤羽根の目がまんまるになった。そんなに大きく目が開くんだな、と片貝はまるで関係ないことに感心した。

「犬の姿じゃないと興奮しないのではないのか？」

　まだ信じられないといったふうに彼は詰め寄って、至近距離で片貝の顔を覗き込む。そのさまが必死にも見えて、片貝は小さく笑った。

「そりゃ、犬はセクシーだ。でも、俺にとって、直人の姿は、こっちだから」

　片貝は手をのばし、彼の頬に触れた。緊張で指先は氷のようになっていたけれど、赤羽根は避けなかった。片貝の手をそっと握り返してきた。

「それなら、もちろん、喜んで」

　赤羽根が、顔を近づける。柔らかな唇で触れられて、片貝は目を閉じた。唇のあいだから、舌先が忍び込んでくる。歯の裏を辿られるだけで、背骨に微細な電流が流されるようにぞくぞくした。強引でない力で、舌の先端を吸われ、軽いリップ音を立てて離れる。

　片貝が夢見心地で彼の濡れた唇を追っていると、おぼつかなくなった腰を赤羽根に抱かれ、その体に密着するようにして立ち上がらされた。彼の、かたい太ももが、片貝の股間を押し上げるように刺激してくる。片貝は熱い息を吐いた。

「ベッドに連れていっても？」

「そりゃ、もちろん。うわ」

　ぐるりと視界がまわったかと思えば体が宙に浮き、次の瞬間には、片貝はベッドの上にいた。手際が良すぎて、瞬間移動したみたいだった。

もうちょっと情緒があってもいいんじゃないかと不満に思うまもなく、彼もベッドに上がってくる。四つん這いで、悪い顔で、舌なめずりをして、にやりと笑う。初めて赤羽根に会った時、彼のこのポーズを不審者だと思ったが、今はひどくいやらしく感じる。鋼のような四肢を、見せつけるように動かして、マットレスを僅かに揺らしつつ、こちらに近づく彼には、食われそうな迫力があった。

「……お手柔らかに」

「ふふ」

喉を鳴らすように彼が笑い、片貝の纏《まと》うパジャマのボタンに手をかける。片手でするすると簡単に開いてゆくのに、さすがの片貝も、彼が慣れていることに気付かされる。

「仕事でもこういったことするの？」

「んん？」

彼は聞こえなかったふりをした。そのまま胸元にキスをしてくるから、軽く耳を引っ張る。

「俺は朴念仁《ぼくねんじん》だからな。そういうことにはあまり向いていない」

イエスともノーともとれる物言いだった。片貝が複雑な顔をすると、赤羽根は、皺の寄った眉間にキスをした。

「器用な指と口があるときに触れられて嬉しいよ。犬のときはどうにも不便だった……

こっちのほうが良くないか？」

指の腹で、胸の尖りをくるくるとこねられて、片貝は腰をよじらせた。

「んう……すけべだな」

「男はみんなそうだろう？　君だって」

彼は片貝の耳たぶを甘く噛みながら囁いた。

「いやらしいな。俺に何をされるのを想像したんだ？」

彼の足が、もう布地を押し上げている片貝の前を、意味ありげに擦りあげてくる。

「はっ……」

思わぬ刺激に腰を上げると、まるで自分から興奮したものを彼の足にすり寄せているような動きになった。赤面すると赤羽根が口角を上げる。

「可愛い」

くせのある前髪をかきあげられて、間近から見つめられる。

「もっと気持ちよくしてやりたいな。どうされるのが好き？　胸は好きそうだけど」

頬にキスをされながら問いかけられる。片貝は目を泳がせるしかなかった。

「どうって……わからないよ、そんなの。あんたのほうが得意だろ、そういうの」

「俺が、そういったことが得意だと、君のお気に召さないようだが？」

片貝の乳首を摘んで、軽くねじりながら彼が言う。もどかしい刺激に片貝は焦れて攻撃的な気分になってきた。

「いいから好きにしろよ！」

叫ぶように訴えると、赤羽根は目を細めた。獲物を狙う獣みたいな顔だ。彼は片貝の腰を掴むと、見せつけるように舌をのばして胸を愛撫してきた。ちりちりした乳首からの刺激とともに、腰骨の内側を絶妙な力加減で圧迫されて、体の奥から、熱湯のような官能が、ごぼりと溢れる。

「あっ、何」

「内側からの刺激が好きなら、こういうのも好みかと思う」

やがて両方の乳首が、赤く充血してぴんと立つと、彼の舌は片貝の体を這い降りてゆく。尖らせた舌でへそを舐め回されながら、下腹部を両方の親指で押し込まれると、びくん、と体が震えて、片貝は小さく悲鳴をあげて腰を浮かした。先端から溢れた先走りが、じわりと下着を濡らす。

「な、なに」

「マッサージだよ」

そのまま彼は両手を滑らせて、片貝のボトムスを半分ばかりずり下ろすと、双丘を両手で鷲掴み、円を描くようにこねた。

「ふっ」

息を乱す片貝の唇をキスで塞ぎながら、今度は足の付け根をリズミカルに押してくる。弱い電流を流されたような鋭い刺激が下腹部にまわり、片貝の屹立が、ぐんと反り返る。

「下半身の血流が良くなるツボだ」

「あ、遊んでないで」

「遊んでないよ」

赤羽根が、怒る片貝に優しくキスをする。

「君に、人間とセックスするのも気持ちがいいって覚えてもらわないとならない」

もしかしなくても、犬の姿でセックスを強要したのを怒っているんだな、と片貝は思った。そんなに犬の姿が嫌だったなんて、少しだけ残念だった。負担は大きかったし気持ちの伴わない行為だったけれど、赤羽根の犬の姿は美しかった。柔らかなグレーの毛並みからのぞく、赤く腫れたペニスは、思い出すだけで充分おかずになりそうな光景だった。

「ああっ？」

よそごとを考えていたのがばれたのか、いつのまにか赤羽根が、片貝の屹立を掴んで先端に舌をねじこませていた。

「洗いすぎじゃないか、赤くなっている」

可哀想に、と口では言うがその舌使いには、あまり容赦はなかった。勃起しても少しかぶる皮を引き下げて、カリの部分を執拗《しつよう》に舐めてくる。ほとんど外気に触れることもないそこは敏感で、ひとたまりもなかった。

「ああっ、ひあ、やめ」

びくびくと跳ねるそこからの先走りに白濁がまじりはじめると、赤羽根は先走りで濡れた後ろに小指をねじこんだ。細いそれは、すんなりと奥まで潜り込み、片貝の感じるポイントを、そっと撫でてくる。反射的に後ろを締めつけると、同時に前を強く吸い上げられた。

「ふあっ」

出る、と思った片貝は、咄嗟に自分の根本をきつく握り締めた。

「あっあっ」

出そうになっていたものが逆流する刺激を、片貝は足を跳ね上げて、びくびくと感じた。

赤羽根はというと、片貝の行動が予想外だったらしく、ぽかんと口を開けて、愛嬌《あいきょう》のある表情になっていた。

「君はその……知っていたが、けっこうなマゾだな」

「はあっ……だって、俺だけイかせるのは、ずるい」

片貝は力ない指で、彼のボトムスを引っ張った。

「俺も舐める」

「いや……遠慮するよ」

彼は腰を引いて、片貝の両腕をひとまとめにしてシーツに縫い止めた。

「なんで？　俺が下手だから？」

「違う。君に舐められたらひとたまりもなさそうだ」

真面目な顔でそんなことを言いながら、彼もボトムスを脱ぎ捨てた。

「連射できるほど持久力がないからね」

嘘つけ、と片貝は彼の、服の上からは想像できないほど逞《たくま》しい太ももと、血管を浮かせて頭をもたげている性器を眺めた。前も見たことはあるが、あのときは水面のゆれのせいで、ぼんやりとした輪郭のみだった。クリアに見える彼のそこは、なかなかに凶悪だ。

「じゃあ、早く挿れてくれ」

思わずごくりと喉を鳴らす。赤羽根が少し困ったように首をかしげたのには気が付かなかった。

じゃあもう少しほぐしてから、とか、もう少し舐めてから、と言い続けて、なかなか彼は挿れてくれなかった。そのあいだ片貝は、何度も絶頂寸前まで追い詰められては寸止めされて、挿れるよ、と言われた時にはほとんど自分の形がわからないくらいにとろとろにされていた。

「ふう……ん」

腫れた粘膜を引っ掛けるようにして、彼の先端が押し込まれた時は、その圧迫感で、つまさきがシーツをひっかいた。犬のそれとは違い、頭部が張り出した形を受け入れるのは、股が元に戻らないのではないかというほど骨の開く感じがあった。

「ここさえ越えると、あとは比較的スムーズだから」

串刺しにされて悶える片貝をあやすように、赤羽根は顔じゅうに、やさしいキスを降らしてくる。だがその下半身は、細かくゆすりあげるようにしながら確実に、片貝の隘路を進んでゆく。反り返ったカリや丸みのある先端で、片貝の良い場所を探るのも忘れない。

「このあたり？」

「は、あ、うん」

「それとも、もっと奥？」

「あっ、アッ」

どこもよさそうだ、とため息のように零す。片貝が薄目を開けて見上げると、赤羽根は汗をにじませて、笑う前みたいな顔をしていた。彼の目の端が、初めて見るくらいに赤い。時々何かを堪えるみたいに、ぶるりと震える。感じているのだと、赤羽根が自分の体で感じてくれているのだと、片貝が思った瞬間、腹の形が変わるほど、あるポイントを押し上げられた。

「あ、あ」

「ここだろう?」

執拗に、ぐりぐりと腰をまわされると、腹の奥から熱湯のような快楽が吹き上げてきて、片貝は声を上げのけぞった。

「あーっ、あっ、あっ」

何度も何度も達しているような絶頂が繰り返し訪れる。ひどく気持ちがいいのに、さんざん我慢させられていた片貝の中心は、まるでゆるい蛇口のように、ひくつきながらとろとろと情けない射精を繰り返すばかりだった。びくびくと跳ね上がり暴れる片貝を、赤羽根が押さえ込む。彼は口の中で、何か悪態をついたかと思うと、急に激しく動きはじめた。

絶頂に激しく蠕動《ぜんどう》する内部を、彼の硬く張ったそれが、ごりごりと擦り上げてゆく。苦痛と変わらないくらいのその快楽に、片貝は意味のない叫び声を上げてのたうった。

「あっ、な、なおと、なお」

官能に緩んだ頭で片貝は彼の名を呼んだ。

「んん、何だ」

彼が優しく返してくる。腰の動きをわずかにゆるめ、片貝の頬を包み込む。

「なおと」

「何?　広」

「すき、あっ……なおと」

「ふふ」

「笑ってないで、んんっ、アッ」

いいところばかりをまんべんなく、太いそれで刺激されて、頭がまわらない。好き、好き、なおと、好きだ、と繰り返していると、赤羽根が急にキスで片貝の口をふさいで、片貝の泣くほどいい場所を、再び小刻みにゆすりあげてくる。

「俺も、好きだよ」

口を離すと同時に、赤羽根が囁く。

片貝は、腰を強く掴む彼の腕に手加減なく爪をたててかきむしった。

「っ、あ――」

ぐっと腰が浮き上がり、より深い絶頂に押し上げられる。開いた目には何も見えず、頭が蒸発したようだった。ぎゅうぎゅうと引き絞られる内部に、赤羽根が呻く。片貝は僅かな意識で、彼のそれが大きくなって、達しようとしているのがわかった。それなのに急に腰を引いて抜こうとしている。片貝はほとんど反射的に、赤羽根の腰に足を絡めて引き寄せた。彼のそれが、ぐっと奥まで入ってきて、片貝は息を詰める。

「おい、離せ」

赤羽根が焦ったようにもがいている。珍しいものを見たと、ぼけた頭で考えながらも、片貝は嫌だとかぶりをふった。

「あっ……なんで？　ゴムしてるんだろ？」

「そういう問題じゃない」

まるで自分の中では出したくないような物言いに、片貝はむきになって、両手両足でがむしゃらにしがみついた。

「おい、広」

そして力いっぱい奥を締め上げる。赤羽根は耐えきれず、小さく声を発した。

「……知らないからな」

捨て台詞のような言葉を吐いたあと、赤羽根がぶるりと胴震いをする。達したのだ。ざまあみろと、片貝は勝ち誇った気分だった。

けれどそう思えたのは僅かな時間だった。中に入っている彼のそれは、内側に種付けするように、何度か本能的な動きをしたあと、急に形を変えた。

「あっ……なんだこれ」

入り口付近の不自然な圧迫感に、片貝は戸惑いの声を上げた。

「……報告が後になって申し訳ないんだが」

重々しい調子で赤羽根が告げる。

「実はウェアウルフという種族は、人型になっているとき、ペニスに亀頭が二つできる」

自分の下半身が大変なことになっているというのに、赤羽根の解説には淀みがない。

「は？」

「つまり、人間のように先端にある亀頭と、犬のように根本にできる亀頭がある。これは……片貝もよく知っていると思うが、犬の亀頭球は、一度射精がはじまってから徐々に膨張してゆくもので」

よくもここまでペニスを膨らませながら、真面目に説明できるなと、片貝は喘ぎながらも考えた。そうでもしないと気がおかしくなりそうだった。何せ、体の中でゴムボールのようなものが膨らんでいるのだ。ディルドで遊んでいるときだって、この部分はいまだ挿れたことがないのに。

「裂けるっ……」

「大丈夫だ、括約筋は拳くらいは広げられるそうだから入り口付近もそれなりに」

赤羽根は自分の拳をぐっと握ってみせた。かなり大きい。俺は手が小さいんだが自分サイズってことはないよな、と、片貝はどこかずれた心配をしていた。

「まあ、つまり……射精が終わるまで抜けない。万一を考えて俺たち用のゴムを使ったから中を汚すことはない。君が用意してくれたものを使えなかったのは残念だが……」

だから安心しろ、と言われても、片貝としてはそれどころではなかった。内部でどんどん膨張しているそれが、次第に彼の感じるポイントまで達してそこを否応なく押し上げてきているからだ。苦しさと気持ちよさで、どうしようもなく後ろが窄むたびに、片貝は、赤羽根の形をまざまざと感じ取った。

「あっ……あ……う」

もうイキたくないのに、刺激されすぎて敏感な、もはや性器そのもののようになっている片貝の内臓は、快感を容易に拾い上げて極まってゆく。

「後ろだけでイきすぎるのは良くない」

おまけに余計な気をつかって、彼が片貝の前をいじってくる。

ひとたまりもなかった。

「うっ、ん――――！」

ほとんど水のような精液を零しながら、片貝はもはや何度目かもわからない絶頂に押し上げられた。


「とりあえず、今回の任務も終わりに近づいたことだし」

ゆるゆると、ほとんど惰性《だせい》で内側をかきまわされながら、片貝は赤羽根の呟きを聞いた。

「んん……？」

どうやら自分は少しのあいだ、自失していたらしい。いつのまにか体位が変わっていて、片貝は彼に後ろから抱き込まれるようにして横になっていた。

後孔からは、いつのまにか、一ミリも動かせないほどの圧迫はなくなっていていた。赤貝は、余裕のできた内部で、腰をまわして遊んでいるようだ。

「明日からの休日のあいだに、新居を探そうと思うんだが？」

「ひっこしをするのか？」

赤羽根が片貝のへそをいじりながら、そのつもりだと答えた。

ああ、俺はとうとう追い出されるんだな、引っ越しはその言い訳になるんだろう、そんなことを考えた。

「それで、広にも付き合ってもらいたいんだが」

「どこに？」

「だから新居を探すのに、だよ」

「？　なんで？」

なかなか理解できない片貝に、赤羽根はじれったそうに首筋を噛んだ。

「意地悪を言うなよ。俺といるのが嫌なのか？」

拗ねたような物言いだった。

「ここは駅から遠いから、お前が夜遅くに帰るときには心配だ。もっと職場にもシェルターにも近い場所と、駅から近い場所で何箇所か候補を挙げてある。広さはここととそう変わりはないが、日当たりもいいしペット可だ。探すの、けっこうたいへんだったんだぞ」

「俺と一緒に暮らしてくれるの？」

信じられない気分で問いかけると、赤羽根は、ほうっと息をついて彼に耳打ちした。

「俺の仕事は危険だし時間も不規則だ。お前に心配ばかりかけてしまうが、一緒にいてほしい」

まるでプロポーズのような言葉だと片貝は思った。

「……キッチンは広い？」

「ここより少し広いぞ。アイランドキッチンだ。料理するのか？」

「する。直人が俺を放ったらかしにしているうちに練習したんだ。二人で作ろう」

実質一緒に暮らすという了承ととったらしい赤羽根が、嬉しそうに片貝の頬にキスをする。ついでのように、まだ赤く色づく乳首を愛撫する。

「んんっ。変なところ触るなよ」

「何が食べたい？」

は、は、と息を荒げながら、彼が問う。あれだけ出したのにまたそこが硬さを取り戻しつつある。もう今日は無理だと思いつつも、つられて体を熱くしながら、片貝は首をねじり、彼の頬に唇を押し付けて囁いた。

「たまごのサンドイッチが食べたい」

「なんでも作ってやるよ。そうだ君の実家にも挨拶に行かないとな」

本当にプロポーズのつもりだろうか。

くたくたで気持ちがよくて、ちゃんと頭がまわらないから夢かもしれない。

明日、目が覚めたら、もう一度、ちゃんと教えてもらおう。昨夜のことは、全部本当のことだって。

■あとがき■

こんにちは。この本をお手にくださりありがとうございます。Siと申します。

今回初めて本を出させていただくことになりました。

嬉しさと緊張で、体がいつもよりひらべったくなっている気がしています。

私、ノッティングがとても好きなので、この設定で執筆のご許可をいただけて、夢みたいに嬉しいです。最近はケモが流行っているそうで、とてもいい世の中になったなあ……としみじみ幸せを噛み締めながら、ちくちく書かせていただきました。初めての本なのに特殊性癖を晒してしまった……という気持ちも否めませんが。

片貝は、外回りで疲れて帰ってきて席でため息をついていたら、隣から「おつかれさま」と色っぽいお兄さんににっこり労われたら最高じゃない？　という、駄目なおじさんみたいな妄想から生まれました。仕事あがりに、とりあえずビールしながら、職場仲間と、出向から帰ってきてから彼、なんとなく垢抜けてない？　恋人でもできたのかな？　そういえばこの間すっごいイケメンと歩いてたの見たよ。えっ、まじで？　誰か聞いてみなよ

〜、とか、話題にしたいじゃないですか……私営業職でもビール派でもないので妄想ですが。

赤羽根は、とにかく顔がいい男がいい、という一心で書いていたのですが、亜樹良のりかず先生の赤羽根のイラストを拝見して、君そんなに顔が良かったの？　と心震えました。指先まで美しくて、そんなに良い顔晒して恥ずかしくないの？　という理不尽な言いがかりをつけたいくらいでした。犬の姿もマズルが可愛くて可愛くて。密度の濃いモフぶりがたまらなくて。本当にありがたいです。片貝もお肌柔らかそうで可愛くて、舐めたら絶対甘いと思いました。

いたらなすぎる私のヨレヨレの原稿具合に、根気強く付き合って綺麗にして下さり、いつも優しいお声をかけてくださった担当様をはじめ、本作にかかわって下さった皆様本当にありがとうございます。

とても幸福な気分で書かせていただいたこの作品が、少しでも楽しんでいただけますように。

初出
「愛しい犬に舐められたい」書き下ろし

CHOCOLAT
BUNKO

この本を読んでのご意見、ご感想をお寄せ下さい。
作者への手紙もお待ちしております。

あて先
〒171-0014 東京都豊島区池袋2−41−6 第一シャンボールビル 7階
(株)心交社　ショコラ編集部

愛しい犬に舐められたい

2018年7月20日　第1刷

著　者:Si
発行者:林 高弘
発行所:株式会社　心交社
〒171-0014 東京都豊島区池袋2−41−6
第一シャンボールビル 7階
(編集)03-3980-6337 (営業)03-3959-6169
http://www.chocolat_novels.com/
印刷所:図書印刷 株式会社